A Profecia de Beatryce

Kate DiCamillo

Ilustrações
Sophie Blackall

Tradução
Rafael Mantovani

Esta obra foi publicada originalmente em inglês com o título
THE BEATRYCE PROPHECY
por Walker Books Limited, Londres.
Copyright do texto © 2021, Kate DiCamillo
Copyright das ilustrações © 2021, Sophie Blackall
Copyright © 2022, Editora WMF Martins Fontes, São Paulo, para a presente edição.

Publicado em acordo com a Walker Books Limited, Londres SE11 5HJ.

Todos os direitos. Este livro não pode ser reproduzido, no todo ou em parte, armazenado em sistemas eletrônicos recuperáveis nem transmitido por nenhuma forma ou meio eletrônico, mecânico ou outros, sem a prévia autorização por escrito do editor.

1ª edição 2022

Tradução
Rafael Mantovani
Preparação
Isadora Prospero
Acompanhamento editorial
Beatriz Antunes
Revisões
Cristina Yamazaki
Beatriz Moreira
Produção gráfica
Geraldo Alves
Paginação
Moacir Katsumi Matsusaki

Dados Internacionais de Catalogação na Publicação (CIP)
(Câmara Brasileira do Livro, SP, Brasil)

DiCamillo, Kate
 A profecia de Beatryce / Kate DiCamillo ; ilustrações Sophie Blackall ; tradução Rafael Mantovani. – São Paulo, SP : Editora WMF Martins Fontes, 2022.

 Título original: The Beatryce prophecy.
 ISBN 978-85-469-0385-2

 1. Ficção – Literatura infantojuvenil I. Blackall, Sophie. II. Título.

22-114380   CDD-028.5

Índices para catálogo sistemático:
 1. Ficção : Literatura infantil   028.5
 2. Ficção : Literatura infantojuvenil   028.5

Eliete Marques da Silva – Bibliotecária – CRB-8/9380

Todos os direitos desta edição reservados à
Editora WMF Martins Fontes Ltda.
Rua Prof. Laerte Ramos de Carvalho, 133 01325-030 São Paulo SP Brasil
Tel. (11) 3293-8150 e-mail: info@wmfmartinsfontes.com.br
http://www.wmfmartinsfontes.com.br

Para
Betty Gouff DiCamillo
1923-2009
KD

Para
Kate DiCamillo
SB

Está escrito nas Crônicas do Desconsolo
que um dia virá uma criança
que destronará um rei.
A profecia afirma que a criança será uma menina.

Por causa disso,
a profecia tem sido ignorada há muito tempo.

LIVRO PRIMEIRO

nswelica era uma cabra com dentes grandes, afiados e implacáveis – o espelho de sua alma.

Uma das brincadeiras favoritas da cabra era induzir os monges da Ordem das Crônicas do Desconsolo a uma falsa sensação de tranquilidade, exibindo uma expressão benigna e indiferente.

Ela passava semanas sem morder ninguém.

Quando alguém se aproximava, apenas olhava para longe, como se estivesse absorta em reflexões profundas. E então, quando os irmãos haviam baixado a guarda, pensando que talvez, por algum motivo, Answelica mudara, a cabra vinha por trás e lhes dava uma cabeçada no traseiro, com toda a força que tinha.

Ela era muito forte e tinha uma cabeça bem dura. Por isso, conseguia mandar os monges voarem bem longe pelos ares.

Quando eles caíam, ela os mordia.

Era uma cabra que nutria antipatias peculiares e inexplicáveis, tomando intensa aversão a certos indivíduos. Às vezes ficava à espreita de um irmão específico, aguardando por ele à sombra arroxeada de um dos prédios. Então atacava de repente, emitindo um som macabro que parecia o grito de um demônio.

O monge – apavorado e desnorteado – também gritava.

O monge e a cabra então iniciavam um dueto de gritos, até que a cabra ficava satisfeita e partia trotando radiante, deixando para trás um monge trêmulo aos prantos.

Os irmãos da Ordem das Crônicas do Desconsolo sentiam vontade de esquartejá-la, porém tinham medo do fantasma de Answelica.

Todos estavam de acordo que o fantasma da cabra com certeza seria mais malévolo e teimoso, mais difícil de ludibriar, do que a cabra de carne e osso.

Como ela exerceria sua vingança do além-túmulo?

Os monges achavam impossível imaginar o que a cabra-fantasma faria.

Por isso, ela continuava viva.

O que também é bom.

O que, na verdade, é maravilhoso.

Pois, sem a cabra, Beatryce certamente teria morrido.

E então onde estaríamos nós?

Capítulo Dois

Tudo isto aconteceu em um tempo de guerra.

Infelizmente, isso não o distingue de nenhum outro tempo; sempre era tempo de guerra.

Foi o irmão Edik que a encontrou.

Naquela manhã, o mundo estava coberto por uma camada de geada branca, e o irmão estava chegando atrasado para alimentar Answelica, pois passara muito tempo admirando a luz do sol nascente, que resplandecia nas folhas de relva e nos galhos das árvores.

O mundo todo parecia ter um brilho interior.

– Sem dúvida é evidência de algo – disse o irmão Edik em voz alta. – Com certeza esta beleza significa alguma coisa.

Ele ficou ali parado, olhando para o mundo, até que o frio fez suas mãos doerem e ele finalmente caiu em si.

Entrou no celeiro tremendo, com a certeza de que Answelica, descontente com seu atraso, já estaria tramando contra ele. Porém ficou surpreso ao encontrar a cabra dormindo, com as pernas dobradas embaixo do corpo, de costas para ele.

Que novo truque era aquele?

O irmão Edik pigarreou. Pôs o balde no chão. A cabra continuou imóvel. Ele se aproximou. Levou um susto.

Sua mente o estava enganando.

Ou então era seu olho que o estava enganando – seu olho esquerdo, que jamais ficava quieto, que se revirava o tempo todo na cabeça, procurando algo que ainda não tinha encontrado.

"Há algum demônio ocupando esse olho", dissera o pai do irmão Edik. "E esse demônio se infiltrou na sua mente também."

E agora, na penumbra matutina do celeiro, o olho dançante do irmão Edik, sua mente esquisita, estava vendo uma cabra com duas cabeças.

– Tende misericórdia de nós – sussurrou o irmão Edik.

Com uma única cabeça, Answelica já dava um trabalhão para os monges. Como poderiam viver com aquela cabra, se ela tivesse duas cabeças e o dobro de dentes?

Ela viraria o universo de pernas para o ar. Expulsaria o rei do castelo. Answelica com duas cabeças seria uma criatura capaz de dominar o mundo.

O irmão deu um passo hesitante para a frente. Estreitou os olhos e viu que a outra cabeça pertencia a uma criança, encolhida ao lado da cabra.

O irmão Edik soltou um suspiro de alívio.

E então foi engolido por uma nova onda de terror, quando notou que a criança estava segurando uma das orelhas da cabra.

Capítulo Três

Uma criança. Junto da cabra.

Uma criança encolhida, agarrada na demoníaca Answelica!

O coração do irmão Edik bateu mais forte, de tanto pavor. Os dentes terríveis da cabra apareceram de relance em sua mente. Ele conhecia aqueles dentes com mais intimidade do que gostaria.

Num dia de verão, no ano anterior, o irmão Edik passara um tempo – que parecera uma eternidade – sendo perseguido por Answelica num prado coberto de flores.

O que a cabra estava fazendo nesse prado, a quilômetros do monastério, perto do castelo do rei, era um mistério que o irmão Edik jamais solucionara.

O próprio irmão Edik não deveria estar ali. Foi só porque um viajante lhe falara das flores naquele prado, de como eram profusas e magníficas, que o irmão Edik achou que deveria ver essa beleza com os próprios olhos.

No prado, a cabra viera por trás dele, em silêncio, furtivamente. Soltou seu hálito terrível nas costas do monge e então lhe deu uma cabeçada leve, quase brincalhona.

O irmão Edik começou a correr.

Ele correu, e a cabra correu atrás. Os dois correram juntos pelo prado de flores. E quando por fim, inevitavelmente, o irmão Edik tropeçou e caiu, Answelica veio até ele, apoiou um de seus cascos fendidos sobre o peito do monge e olhou fundo nos olhos dele, abrindo e fechando a boca.

Ela babou em cima dele.

Deu-lhe um bom tempo, uma eternidade, para contemplar seus dentes em todos os detalhes, e para contemplar também as atrocidades de que ele sabia que aqueles dentes eram capazes.

Quando o irmão Edik achava que não conseguiria aguentar mais, a cabra pressionou seu casco sobre ele com muita, muita força, depois levantou o pé e foi embora.

Naquela tarde, ele ainda trazia a marca: o contorno parcial e inchado do casco de uma cabra em seu peito. A marca ficaria ali pelo resto de sua vida, uma flecha vermelha apontando para o coração.

Como se alguém precisasse de ajuda para localizar o coração do irmão Edik!

— Venha cá — ele disse agora, dando um passo em direção à cabra. — Temos de ter muito cuidado.

A cabra o ignorou. O pequeno vulto aninhado contra a cabra não se mexeu. O irmão Edik viu que os pés da criança estavam descalços e cobertos de sangue.

Ele teve um calafrio. Deveria ir pedir ajuda?

"Seu covarde", ele ouviu seu pai dizer. "Seu covarde de olho quebrado."

E era verdade. Ele era um covarde.

Mesmo assim, não podia ir embora e deixar aquela criança sozinha com Answelica. Teria que enfrentar a cabra.

"Seu tolo, com medo de uma cabra", ele ouviu seu pai dizer.

O irmão Edik deu um suspiro.

Queria que a voz de seu pai o deixasse em paz. Queria poder silenciar aquela voz, de uma vez por todas.

O irmão Edik segurou a barra da túnica e fez menção de escalar a cerca e entrar no domínio da cabra.

Answelica se levantou, emitindo um som agudo.

A criança se sentou e o irmão Edik viu cabelos compridos, olhos estupefatos e um rosto em forma de coração.

Uma criança menina.

Estava chorando.

Não era um choro de revolta ou de tristeza. Era o choro de alguém que estava em completa exaustão, o choro de alguém fazendo muito esforço para não chorar.

Lágrimas escorriam no rosto da menina enquanto ela encarava o monge, em ambos os olhos – seu olho parado e seu olho rebelde e inquieto –, sem desviar o olhar.

O irmão Edik olhou para ela também. Sentiu seu coração se mexer dentro do peito.

Sentiu seu coração se abrir.

– Ah – disse o irmão Edik.

Answelica soltou outro som agudo.

– Calma – disse o irmão Edik, para a cabra e para a menina. – Calma. Vai ficar tudo bem. Vai ficar tudo bem.

Porém, enquanto o irmão Edik dizia aquelas palavras, outras palavras, mais nefastas, estavam sendo ditas não muito longe dali.

Na vasta sala do trono do castelo real, um soldado curvou-se diante do rei e disse:

– Meu senhor, a mulher está presa na masmorra, conforme as ordens. Mas sinto informar que a criança desapareceu. Vasculhei todo o Castelo Abelard e seus arredores. Não consegui encontrá-la.

– Como assim não conseguiu encontrá-la? – perguntou o rei.

– Quis dizer, senhor, que ela não está lá. O corpo dela não estava lá. A menina sumiu.

Capítulo Quatro

Answelica estava parada ao lado da criança, numa pose feroz e protetora.

O irmão Edik tinha uma perna jogada por cima do portão e a outra ainda no chão.

– Por favor – ele disse para a cabra.

Answelica olhou para ele, então virou-se e olhou para a criança, depois olhou de novo para ele. Na penumbra do celeiro, era difícil avaliar sutilezas emocionais, sobretudo nos olhos de uma criatura que raramente demonstrava qualquer tipo de sutileza. Mas o irmão Edik pensou reconhecer o brilho nos olhos da cabra. Era tanto uma luz de afeto pela criança quanto uma luz de advertência para ele.

A cabra abaixou a cabeça, num gesto ameaçador.

– Está frio – disse o irmão Edik, de cima do portão. – Está muito frio. Frio demais para uma criança. Não quero fazer mal a ela. Só quero ajudar.

A cabra e o monge ficaram se encarando. Enquanto isso, a criança chorava em silêncio.

Lá fora, o sol foi ficando mais alto no céu. Uma faixa de luz entrou no celeiro – dourada e quente. Grãos de poeira dançavam no ar.

Outra vez, a beleza.

— Deixe-me entrar — disse o irmão Edik para a cabra. Falava em voz baixa. — Você precisa deixar que eu cuide dela.

Answelica deu um passo para trás.

Certamente pela primeira vez na vida, ela recuou.

O irmão Edik passou a outra perna por cima do portão e entrou no cercado da cabra.

— Você está ferida? — ele perguntou à criança.

Ela era nova. Não tinha mais de dez anos, embora fosse impossível saber ao certo, pois sua pele estava coberta de sujeira e de sangue.

A menina não respondeu.

— Qual é o seu nome? — perguntou o irmão Edik.

As lágrimas continuaram escorrendo em sua face, abrindo caminho na sujeira.

O irmão Edik deu um passo na direção dela. Answelica rosnou. Não era de imaginar que uma cabra pudesse rosnar, mas aquela cabra sempre fora cheia de surpresas.

— Posso carregar você? — perguntou o irmão Edik.

Novamente, a criança não respondeu. Talvez não soubesse falar?

Answelica olhou feio para ele. Abaixou a cabeça. Ofereceu sua orelha e a menina segurou. A cabra ficou ali em silêncio, de cabeça baixa.

– Vou carregar você – disse o irmão Edik. Então anunciou suas intenções para a cabra: – Vou carregar a menina.

A criança soltou a orelha de Answelica.

O irmão Edik se curvou e agarrou a menina em seus braços. A pele dela estava quente. Estava ardendo em febre.

– Ela está muito doente – o irmão Edik disse para a cabra, que olhava fixo para ele. – A primeira coisa que precisamos fazer é tentar baixar a febre. E precisamos dar um banho nela. Precisamos remover a sujeira e o sangue. Imagino que ela tenha vindo de alguma guerra. Você não acha?

Answelica concordou com a cabeça.

Por Deus, pensou o irmão Edik. *Estou conversando com uma cabra.*

Ele saiu do celeiro para a luz do dia, carregando a criança. A geada derretera. O mundo não brilhava mais, mas estava muito iluminado.

Answelica veio no encalço do monge.

Ele se virou e olhou para ela. Viu que a cabra tinha um olhar brando, cheio de apreensão.

Mundo estranho! Mundo impossível!

O irmão Edik sentiu seu coração mais leve dentro do peito, quase como se estivesse cheio de ar.

Answelica deu uma cabeçadinha nas pernas dele. Não era uma advertência, mas sim um pedido: "Vá mais rápido. Depressa, por favor. Cuide da criança."

Ah, que mundo estranho.

O sol aquecia o rosto do irmão Edik.

Que mundo impossível.

Capítulo Cinco

Ela estava sonhando.

O tutor tinha alguma coisa na mão, dentro do punho fechado.

"É para Beatryce", disse.

"O que é?", gritaram os irmãos dela. "Deixa a gente ver, deixa a gente ver!"

"Bata na minha mão", o tutor disse à menina.

Ela tocou nos dedos dele e ele os desdobrou devagar, revelando uma estranha criatura.

"O que é isso?", ela perguntou.

"Um cavalo-marinho", disse ele. "Um cavalo do mar."

"Está vivo?", ela perguntou.

"Está morto", respondeu o tutor.

Ela pegou o cavalo-marinho da mão dele. Era leve, tão leve que parecia que ela estava segurando, em sua mão em concha, o sonho de outra pessoa.

Ela admirou a cauda enrolada do cavalo-marinho, estudou seu focinho comprido. Virou-o do outro lado e viu que só tinha um olho.

– Ele foi feito assim? – ela perguntou. – Com um olho só?

– Não – disse o tutor. – Imagino que aconteceu algum trauma.

"Está quebrado!", gritou Asop.

"Quero segurar", disse Rowan.

"Daqui a pouco", disse Beatryce.

Rowan deu um puxão no cotovelo dela e o cavalo-marinho caiu de sua mão.

Aconteceu lentamente, tão lentamente que era como se o cavalo-marinho flutuasse, dando voltas no ar, seu único olho aparecendo e desaparecendo – piscando para ela.

Então veio um clarão de luz.

Um soldado entrou de repente no salão.

O cavalo-marinho nunca atingiu o chão.

O sonho acabou antes que ele pudesse terminar sua queda, depois recomeçou: o punho fechado do tutor, seus longos dedos se desdobrando para revelar a criatura, sua voz dizendo: "Um cavalo-marinho, um cavalo do mar."

Então veio a palavra *morto* e a leveza – a ausência de peso – do cavalo-marinho na mão dela, a criatura caindo sem parar, o soldado entrando de repente.

O sonho se repetia. Repetia-se e não mudava nunca.

O cavalo-marinho, aparentemente, jamais faria nada além de cair.

Beatryce, em meio à febre, prisioneira de seu sonho, virava-se de um lado para o outro, tentando escapar.

Então se sentou e deu um grito.

Alguém pôs a mão em sua testa.

Veio um som de baforada, um hálito quente.

Ela estendeu a mão e encontrou o consolo de uma orelha muito peluda.

Preciso ficar segurando isto, ela pensou. *Não há nada mais a fazer além de segurar isto.*

Então ela voltou a adormecer, entregando-se novamente ao sonho, ao punho do tutor que se abria lentamente e ao cavalo-marinho que caía, caía, caía.

Capítulo Seis

A função do irmão Edik, na Ordem das Crônicas do Desconsolo, era fazer iluminuras. Ele pintava as gloriosas letras douradas no início do texto de cada página das Crônicas.

Para ele, era um alívio e uma alegria fazer com que as letras refletissem o mundo como ele tantas vezes o via: cintilante e luminoso. Ele ia dormir à noite com as letras reluzindo em sua mente e acordava com elas ainda ali – formas elegantes e intricadas, que estavam sempre brilhando.

Às vezes, enquanto ele trabalhava, as letras lhe revelavam alguma verdade – uma linha de profecia que se repetia em sua cabeça até ele saber que era verdadeira.

Ele então procurava o padre Caddis e dizia:

– Estas palavras me foram transmitidas enquanto eu trabalhava.

O padre Caddis assentia com a cabeça e, solenemente, anotava a profecia para que pudesse ser incluída no grande livro. Aí ficava de pé, punha a mão na cabeça do irmão Edik e pronunciava as palavras que tinham sido ditas a todos os muitos profetas da Ordem das Crônicas do Desconsolo que haviam precedido o irmão Edik:

— Agradeço-lhe por sua visão. Estas palavras serão registradas.

E depois, enquanto o irmão Edik cumpria seus afazeres diários, os próprios objetos do mundo brilhavam — a tigela na mesa, as flores no campo, a enxada apoiada na parede do celeiro.

Aquele brilho devia ser fruto de seu olho desobediente, avariado — sua mente torta e estranha. Ou, pelo menos, era essa a explicação que seu pai teria dado.

Qualquer que fosse o motivo, o irmão Edik via beleza em toda parte. Pintava aquela beleza em suas letras; ficava à escuta das palavras da verdade.

Muitas vezes, desejava que suas letras iluminassem um manuscrito menos funesto, menos cheio de decapitações, traições, guerras e profecias de desgraça e sofrimento.

O irmão Edik estava farto, completamente farto, de guerra e violência.

No entanto, foram a guerra e a violência que lhe trouxeram a criança.

Quem era capaz de entender o mundo?

– Não entendo – disse o rei para o soldado.

– Nem eu – disse seu conselheiro. – Ela não pode ter simplesmente desaparecido. Não pode ter simplesmente sumido por mágica.

– Se as profecias falam dela – disse o rei ao conselheiro –, quem saberá os poderes que ela tem?

– Onde está o homem que foi enviado para dar cabo dela? – perguntou o conselheiro.

– Também desapareceu – disse o soldado.

– Encontre a menina – disse o conselheiro. – Encontre o homem. Encontre ambos. Ela não pode continuar viva. É um perigo para o nosso reino.

– Sim – disse o rei. – É um perigo para o nosso reino, pois é o que dizem as profecias. Não é?

– É – disse o conselheiro. – É isso que dizem as profecias.

Por um bom tempo, a menina teve uma febre tão alta que o irmão Edik não sabia se ela sobreviveria. Ele despejava água em sua boca. Banhava-a em água com ervas refrescantes. Rezava ao seu lado.

A cabra observava todos os movimentos dele, com olhos ao mesmo tempo desconfiados e preocupados.

Toda a Ordem dos monges o observava.

– É tempo de guerra – disse o padre Caddis. – Há muita gente necessitada. Não podemos ficar cuidando de cada refugiado que vem parar à nossa porta. Temos de alimentar os necessitados, abençoá-los e mandá-los seguir seu caminho.

– Mas é uma criança – disse o irmão Edik. – E está muito doente.

– Ela está ocupando sua mente – disse o padre Caddis. – E se sua mente estiver ocupada, não pode se concentrar devidamente no trabalho que deve fazer, nas palavras que deve receber. Além do mais, há o problema da cabra.

Quanto a isso, o irmão Edik ficou em silêncio, pois não havia nada a dizer.

Answelica se instalara na enfermaria do mosteiro, na cabeceira do leito rústico da menina, e se recusava a arredar pé dali. Atacava qualquer um que tentasse retirá-la.

A cabra mordia, rosnava e abocanhava, fazendo um belo uso de seus dentes terríveis. E então, após subjugar seu adversário, após – na maioria das vezes – fazê-lo sangrar, ela se virava e examinava a criança.

Seu olhar malevolente transformava-se em adoração, como que por milagre.

Era uma cena assustadora.

Quando a menina estava visivelmente aflita, quando gritava, Answelica cuidava dela. Aproximava a cabeça e oferecia sua orelha, e a criança a segurava e se acalmava.

— Eu creio... — disse o irmão Edik ao padre Caddis. Pigarreou. — É possível, talvez, que esta fera tenha mudado de índole.

— Se é uma mudança, é extremamente limitada — disse o padre Caddis. — De qualquer modo, não me importo se ocorreu uma mudança. Nossa tarefa não é salvar almas de cabras. Mais uma semana... Isso é tudo que posso permitir, irmão Edik. Mais uma semana e então a criança precisa ir embora. O ideal, o ideal mesmo, seria a cabra ir com ela.

Capítulo Sete

os momentos em que estava acordada, ela lembrava.

E não queria lembrar.

Achava que, se lembrasse, poderia morrer. E tomara a decisão de ficar viva.

Por isso, com muito esforço, libertou-se das garras da febre e deixou tudo para trás: seus irmãos, o tutor, o cavalo-marinho e tudo o que tivesse acontecido quando ele finalmente caiu ao chão.

Ela entregou essas lembranças à febre. Ofereceu o esquecimento como um presente, como uma saída, um jeito de sobreviver.

E quando a febre arrefeceu, quando ela enfim despertou para o mundo real, levou consigo uma única coisa: seu nome.

Beatryce.

Era algo pequeno para levar, mas também era tudo, pois era um nome que apareceria muitas vezes nas Crônicas do Desconsolo.

Capítulo Oito

O que ela viu, quando acordou, foi a luz do sol entrando por uma única janelinha muito alta. Ela estava num cômodo estreito, deitada num colchão de palha. Havia uma cabra ao seu lado e, pela janela, ouvia-se o chamado de um pássaro – cantando duas notas agudas e doces, repetindo-as sem parar.

Ela ficou ouvindo o canto do pássaro.

Permitiu-se pensar que o pássaro estava procurando por ela, cantando seu nome.

Beatryce.

Beatryce.

Beatryce.

– Ouça – ela disse para a cabra. – O pássaro está cantando meu nome. Beatryce é meu nome, e o pássaro está cantando meu nome, não está?

A cabra ficou olhando para ela com seus olhos dourados, cheios de luz.

– Beatryce – disse Beatryce. – Eu sou Beatryce.

A cabra fez que sim com a cabeça. Beatryce ficou sentada.

– Você com certeza tem um nome também. – Ela chegou seu rosto bem perto da cabra e disse: – Massop. Seu nome é Massop? Ou é Blechdor?

A cabra fitava a menina com um olhar carinhoso.

– Talvez seja Morelich. Acertei? Você é Morelich?

O sol que entrava pela janelinha delineava os pelos nas orelhas da cabra. O pássaro cantava.

Beatryce se perguntou se aquilo era um sonho. Se fosse, era um sonho agradável.

Ela pôs a mão na cabeça da cabra. Era ossuda, sólida e quente. Parecia bastante real. Segurou uma das orelhas da cabra. Então deu um leve puxão, no mesmo instante em que a porta do quarto se abriu.

Um monge entrou.

– Ah – ele disse.

Ficou ali imóvel, olhando para ela. Ou melhor, seu olho direito olhava para ela e seu olho esquerdo se mexia por vontade própria, olhando em volta no quarto. Para a cabra, para Beatryce, para a luz do sol e a janela.

– Seu olho esquerdo faz o que quer – disse Beatryce. – Ele dança na sua cabeça.

O monge levantou a mão esquerda e cobriu seu olho irrequieto.

– Não, não – disse ela. – Não quis dizer que devia esconder.

Ela sorriu para ele.

Ele sorriu de volta. Tirou a mão do olho.

— Sou o irmão Edik — ele disse.

— Eu sou Beatryce.

— Beatryce — ele repetiu.

E ela ficou contente de ouvir aquilo, contente de ouvi-lo dizer seu nome. Sentiu uma onda de alívio. Era como se o monge estivesse confirmando algo.

Sim, o nome dela era Beatryce.

Sim, ela existia.

— E a cabra? — ela perguntou. — Qual é o nome da cabra?

— Chama-se Answelica.

— Answelica — disse Beatryce. — Não é esse o nome que eu esperava.

— Que nome você esperava?

— Eu tinha decidido que Morelich era o mais provável.

— Morelich?

— Sim.

— Por que Morelich? — perguntou o irmão Edik.

— Porque ela não reagiu ao nome Massop — disse Beatryce. — Nem Blechdor.

O irmão Edik sorriu para ela. Ela gostou do rosto dele. Gostou de seu olho que zanzava, procurando algo. Gostou de seu olho fixo e quieto também.

— Você esteve muito doente — ele disse para ela. — Answelica ficou ao seu lado o tempo todo.

– Sim – disse ela. Lembrava-se da febre, do calor, do desespero. – Que lugar é este? Onde estou agora?

– Você está com os irmãos da Ordem das Crônicas do Desconsolo.

– E o que são as Crônicas do Desconsolo? – perguntou Beatryce.

– As Crônicas contam a história do que aconteceu e das coisas que ainda podem acontecer, as coisas que foram profetizadas.

– Desconsolo – disse Beatryce. Era uma palavra pesada. – Não parece um livro feliz, um livro alegre.

– De fato – disse o irmão Edik. – Não é mesmo.

– Bom – disse Beatryce –, então não é um livro que eu gostaria de ler.

O irmão Edik olhou nos olhos dela.

– Não é um livro que você gostaria de ler? – ele repetiu.

Seu olho rebelde dançava. Seu outro olho permanecia parado no rosto – sério, preocupado – e dentro de Beatryce ecoou um sininho de advertência, uma nota grave e fatal.

– Quem é sua gente? – perguntou o irmão Edik. – Eles devem querer saber que você está viva. Devem querer que você volte para casa.

E, neste momento, a breve alegria que Beatryce sentira desapareceu.

Quem era sua gente?

Onde era sua casa?

Ela não sabia dizer. Um grande vazio escuro escancarou-se de repente dentro dela.

Era como se ela estivesse andando por um caminho e, ao virar-se para olhar para trás, descobrisse que todas as coisas que deveriam estar lá, todas as coisas que realmente tinham estado lá no instante anterior — as árvores, os arbustos, os pássaros, o próprio caminho — haviam desaparecido de repente.

— Eu sou Beatryce — ela disse para o irmão Edik. — Beatryce.

Era só isso que conseguia pensar em dizer, só isso que sabia. Ela começou a chorar.

Answelica fez um barulho de cabra para reconfortá-la. Encostou-se em Beatryce, e Beatryce abraçou o pescoço da cabra e chorou.

Chorou por algo que perdera, mas que não sabia nomear.

O irmão Edik deu um passo à frente e pôs a mão na cabeça dela.

Estou desconsolada, pensou Beatryce. *Estou com os irmãos da Ordem das Crônicas do Desconsolo e estou desconsolada.*

Aquela ideia — a verdade circular daquilo — a fez rir.

– O que foi? – perguntou o irmão Edik. – Por que ri?

– Você vai escrever sobre isso nas Crônicas? – ela perguntou. – Vai dizer que uma menina chamada Beatryce, que não sabe de onde vem nem quem é sua gente, ficou abraçando uma cabra e sentindo-se desconsolada?

– Sim – disse o irmão Edik, acima dela. – Assim será escrito.

– Como algo que aconteceu? – disse Beatryce. – Ou como algo que ainda vai acontecer? Vou virar uma profecia?

– Ah, Beatryce – disse o irmão Edik.

E no castelo real, na sala do trono, o conselheiro tranquilizava o rei.

– É apenas um pequeno atraso, senhor – disse o conselheiro.

– É deveras preocupante – disse o rei. – Estive pensando. E se tivermos nos enganado ao interpretar a profecia? E se estivermos procurando a criança errada?

– Nos enganado, senhor? Permita-me lembrar-lhe que, se tivéssemos nos enganado ao interpretar a profecia, se tivéssemos entendido mal aquelas grandes palavras de sabedoria, o senhor não estaria sentado nesse trono agora.

– Verdade, verdade – disse o rei.

– Não estamos procurando a criança errada. É dela que falam as profecias. Tenho certeza.

– Eu não gostaria, porém, que ela fosse morta – disse o rei. – Quero que me tragam a menina viva. Sim, viva, para que eu possa interrogá-la.

O conselheiro esfregou os olhos. Deu um suspiro.

– Muito bem – disse ele. – O senhor é o rei. Faremos o que manda. Daremos ordens para que ela seja trazida viva.

Capítulo Nove

Irmão Edik tinha nas mãos um problema complexo. Havia uma criança que não estava mais ardendo em febre, mas que não sabia quem era nem onde era sua casa.

Havia uma cabra que continuava se recusando a se separar da menina.

E, pior de tudo, a menina – ao falar das Crônicas do Desconsolo – dissera: "Não é um livro que eu gostaria de ler."

Não é um livro que eu gostaria de ler.

Como se ela *soubesse* ler.

Como se uma coisa dessas fosse possível.

O que, obviamente, não era.

Ainda assim, ele sentiu um calafrio de espanto e de medo ao pensar na possibilidade de uma menina saber ler.

Só os irmãos a serviço de Deus sabiam ler, além dos tutores e dos escolásticos que vinham estudar as profecias.

E dos conselheiros do rei.

E do próprio rei.

No mundo inteiro – desde o vasto mar que o irmão Edik nunca vira com seus próprios olhos mas sabia que existia, até as montanhas escuras que o irmão Edik conhecia por descrições – havia pouquíssimas pessoas que sabiam ler.

E somente homens.

Nenhuma mulher.

Era proibido por lei ensinar uma menina a ler, uma mulher a escrever.

Tinha sido assim desde que o irmão Edik tinha memória.

As Crônicas do Desconsolo não diziam que fora diferente em outros tempos.

A criança certamente se equivocara.

Ele ouviu a voz dela outra vez – jovial, decidida. Ouviu-a dizer: "Não é um livro que eu gostaria de ler."

Seu coração bateu com força contra as costelas.

Não, não havia dúvidas.

Ele não tinha entendido mal.

A criança, a criança menina, sabia ler.

Capítulo Dez

Ele desenhou uma iluminura da letra *B*.

Enfeitou a letra com uma gavinha retorcida, verde como a primavera, esperançosa e insistente como o mês de maio. Fez o *B* dourado e brilhante como o sol.

Então levou a letra para ela.

Segurou o *B* na altura do peito e perguntou a Beatryce:

– Você pode me dizer que forma é esta?

Ela olhou para a letra iluminada. Olhou para ele. Não disse nada.

O coração do monge tremulou de alívio e, também, de uma estranha espécie de decepção.

Ela não era, afinal, quem ele tinha imaginado.

Beatryce olhou para ele por um longo instante.

– Irmão Edik – ela disse.

– Sim.

– Irmão Edik, algo dentro de mim tem medo de dizer. Não sei por quê. Mas não posso mentir para você. Essa é a letra *B* e é a primeira letra do meu nome.

O coração do irmão Edik afundou no peito.

– Se eu lhe desse uma pena e um pergaminho – ele disse, ouvindo sua própria voz tremer –, você seria capaz de escrever o seu nome?

– Sim.

– E o que mais? – ele perguntou.

– O que mais o quê?

– O que mais você saberia escrever?

Ela lançou um olhar muito sério para ele.

– Qualquer coisa – disse Beatryce. – Qualquer palavra. Todas as palavras. Foi certo eu ter contado para você?

– Foi – ele disse.

Ela sorriu.

– Então vou ajudar vocês a escrever a história do mundo? Vou me juntar aos irmãos como cronista do desconsolo? Eu preferiria contar histórias. As histórias têm alegria e surpresas. Você conhece a história do anjo e do cavalo, e de como, por algum truque do destino, o anjo ganhou cascos e o cavalo ganhou asas, e o anjo dançou no telhado do palácio com seus cascos e assim despertou a generosidade do rei, e o cavalo bateu asas e voou deste mundo para outro e não olhou para trás nenhuma vez?

Esta criança!

– Não conheço essa história – disse o irmão Edik.

– Como poderia conhecer? – perguntou Beatryce, rindo. – Acabei de inventar.

Ela ficou séria de novo, então disse:

– Mas, se você pedisse, eu poderia escrever essa história para você. Poderia escrever cada palavra.

O *B* nas mãos do irmão Edik tremeu, como se estivesse vivo. Saltou dos dedos dele e foi parar no chão.

Answelica abaixou a cabeça e farejou a letra.

Beatryce disse para a cabra, num tom gentil:

– Não, meu bem. Não é de comer.

A cabra demoníaca sendo chamada de "meu bem".

A menina sendo capaz de ler. E escrever.

Aquilo era demais. Era excessivo.

O que ele poderia fazer? Ele não sabia como reagir.

O irmão Edik olhou para o topo da cabeça de Beatryce. Seus cabelos estavam bagunçados e embaraçados. Precisavam de um pente e uma escova.

Ele se lembrou, de repente, de quando era menino e segurava a escova da mãe. Era um belo objeto, feito de madeira, com o cabo em forma de rabo de sereia, incrustado de pequenas joias.

A parte de trás da escova mostrava a cabeça da sereia, com as longas curvas ondulantes dos cabelos, também cobertos de joias.

Seu pai uma vez pegara o irmão Edik com a escova na mão, olhando boquiaberto para ela.

"Se ela é assim tão bonita de costas", o irmão Edik dissera ao pai, "então o rosto deve ser bonito demais para se olhar."

"O rosto de quem?", perguntara o pai.

"Da sereia. Se ao menos ela se virasse e olhasse para mim."

O pai ficara enfurecido. Dissera que não podia tolerar as ideias ridículas, as fantasias estapafúrdias, que a mente perversa do menino era capaz de conceber.

E então lhe dera uma surra. Dissera que estava batendo para expulsar a insensatez. Não funcionou. A insensatez continuou lá, e ele nunca mais teve permissão de segurar a escova. O pai o proibiu.

Porém, quando o pai não estava em casa, o pequeno irmão Edik podia ficar sentado olhando sua mãe escovar os cabelos – com longos gestos cuidadosos, que faziam as joias no rabo e nos cabelos da sereia cintilarem.

Sua mãe tinha lindos cabelos. Dissera ao irmão Edik, mais de uma vez, que as mulheres eram julgadas por seus cabelos e precisavam cuidar deles com muita dedicação.

"Uma mulher e seus cabelos são uma coisa só", dissera a mãe dele.

— Beatryce — disse o irmão Edik.

— Sim?

— Tive uma ideia.

Capítulo Onze

Ela tentou não pensar nas coisas de que não se lembrava.

E isso era fácil, é claro. Afinal, ela não se lembrava do que tinha esquecido, não é?

É como uma charada, ela pensou, *uma charada impossível de resolver.*

Ela não podia pensar no que tinha esquecido, mas podia pensar na grande ausência que aquilo deixara, no buraco escuro onde deveria estar todo o conhecimento sobre quem ela era.

Por vários minutos, ela se esquecia desse buraco, depois se lembrava de novo, repentina e assustadoramente – como se um vento forte soprasse sobre ela, agarrando seus pés e puxando-a com violência na direção do abismo do não saber, do não lembrar.

Ela ignorava esse puxão.

Ficava totalmente imóvel e deixava que a escuridão fria tentasse atraí-la. Ficava tão firme quanto podia, e a sensação passava, e o mundo – Answelica e o irmão Edik, o sol da manhã e o suave murmúrio das pombas no telhado – retornava.

Ela pensou em tudo isso enquanto o irmão Edik cortava seus cabelos, enquanto ela via os tufos emaranhados caírem no chão.

— Explique de novo por que é preciso cortar meus cabelos — ela disse ao irmão Edik.

— Porque estão tão embaraçados que não há nada a fazer além de cortar — disse o irmão Edik. — Não existe, em todo o reino, escova ou pente capaz de abrir caminho num mato tão cerrado.

— Mas tem outro motivo — disse Beatryce.

O irmão Edik ficou em silêncio.

Answelica se recostou nas pernas de Beatryce.

— Qual é o outro motivo? — perguntou Beatryce.

— Se você parar de se mexer — disse o irmão Edik —, eu lhe dou uma lua.

— Você não respondeu à minha pergunta — disse Beatryce. — E eu queria uma estrela desta vez.

O irmão Edik tinha balas de melado no bolso de sua túnica. As balas eram feitas pelo irmão Antoine, que moldava o melado na forma de estrelas, meias-luas, folhas e pessoinhas de rosto tristonho.

Até agora, Beatryce tinha comido uma lua e uma folha.

Answelica devorara as pessoas.

— Daqui a pouco — disse o irmão Edik, curvando a cabeça na direção dela. Ele cheirava a melado, e o quarto cheirava a poeira e a palha. E a cabra.

O irmão Edik pigarreou. Disse:

— O mundo nem sempre é um lugar gentil.

— Não mesmo — ela concordou.

— Mas existem coisas doces — ele disse.

— Existem — disse ela.

— Estou cortando seus cabelos para proteger você.

— Não entendo — disse Beatryce.

O irmão Edik deu um suspiro.

— Minha mãe — disse ele — tinha uma escova em forma de sereia. O rabo e os cabelos da sereia eram incrustados de joias. Aquela escova era a coisa mais bonita que eu já tinha visto, e eu queria dela algo impossível: que a sereia se virasse e olhasse para mim.

— E alguma vez ela se virou? — perguntou Beatryce.

— Não, nunca.

Beatryce fechou os olhos. Imaginou a sereia. Podia ver seu rosto. Era belo e triste.

Ela abriu os olhos de novo.

— Qual você acha que era o nome da sereia? — ela perguntou.

— Não sei.

– Acho que seria importante saber o nome dela – disse Beatryce.

– Talvez você consiga descobrir – disse o irmão Edik. – Eu nunca consegui.

A luz do sol entrou no quarto. Os odores de cabra e de bala de melado ficaram mais intensos.

Beatryce ficou vendo seus cabelos caírem no chão, até que de repente foi tomada por uma desolação terrível.

– De uma coisa eu tenho certeza – ela disse para o irmão Edik. – Ninguém cortou os cabelos da sereia.

– Não – disse ele. – Acho que não. Mas também, ela vivia num mundo diferente.

O irmão Edik se debruçou e pôs o rosto ao lado do dela. Seu olho inquieto dançou pelo cômodo, assimilando tudo, enquanto o outro olho – brilhante e firme – olhava direto para a menina.

– Beatryce – ele disse –, na primeira vez que me contou que sabia ler e escrever, você hesitou. Disse que sentia que era algo que não devia dizer.

Beatryce sentiu na nuca o hálito do abismo escuro. Teve um calafrio.

– E você estava certa – disse o irmão Edik. – Isso realmente é algo que você não deve dizer. Neste mundo em que vivemos, há uma lei que determina que nenhuma menina, nenhuma mulher, pode ler ou escrever. Você precisa saber disso. Para sua própria proteção, precisa saber disso.

Beatryce sentiu seu corpo pender para o lado. Segurou a orelha da cabra.

– É muito perigoso ser quem você é – disse o irmão Edik. – E por isso você precisa fingir ser alguém que não é.

– Mas como posso fingir ser alguém que não sou, se eu não sei quem sou?

– Você é Beatryce – disse o irmão Edik. – Você sabe disso. Você sabe ler e escrever, e sabe disso. E há outra coisa que você precisa saber: que tem um amigo de verdade, chamado irmão Edik.

Beatryce concordou com a cabeça.

– E também uma amiga de verdade chamada Answelica – disse ela, dando um puxão na orelha de Answelica.

– Sim – disse o irmão Edik. – Isso também. Então esta é você: uma pessoa com amigos no mundo. O resto nós vamos descobrir aos poucos. Tenho um plano, e o plano começa com a remoção dos seus cabelos, embora a sereia não tenha perdido os dela. Você confia em mim?

Ela concordou com a cabeça. Sentiu um aperto na garganta.

O irmão Edik concordou com a cabeça também, então voltou ao trabalho.

Beatryce ficou vendo seus cabelos caírem no chão.
Continuou segurando a orelha de Answelica.
Pensou: *Eu sou Beatryce. Tenho amigos no mundo. Não tenho mais cabelos. Porém tenho amigos.*

Capítulo Doze

No dia seguinte àquele em que a febre dela arrefeceu e todos os seus cabelos foram cortados, os irmãos da Ordem das Crônicas do Desconsolo se reuniram e ficaram assistindo enquanto Beatryce – vestindo uma túnica de monge, de cabeça raspada, com uma cabra ao seu lado – tomava nas mãos uma pena e se debruçava sobre um pergaminho.

Os irmãos assistiram enquanto a menina escrevia.

Assistiram enquanto ela traçava uma letra após a outra.

Quando ela terminou, o irmão Edik levantou o pergaminho, para que todos os irmãos pudessem ver.

– Como pode uma menina fazer uma coisa dessas? Deve ser alguma espécie de bruxaria – disse o irmão Antoine.

– As letras são perfeitas – disse o irmão Adell –, como se traçadas por um anjo.

– Não se esqueçam da cabra – disse o irmão Frederik. – A cabra está sempre com ela. Será que essa criatura demoníaca tem algo a ver com isso?

– Gostaria que vocês todos me ouvissem – disse o padre Caddis. – Essa menina representa um perigo para nós. O castelo do rei manda representantes regularmente para estudar as Crônicas do Desconsolo. E se eles descobrirem a menina? O que acontecerá então?

– Ela é só uma criança – disse o irmão Edik.

– É uma criança muito perigosa – disse o padre Caddis. – E sem dúvida alguém está à procura dela.

– Mas podemos mantê-la fora da vista de todos – disse o irmão Edik. – Diremos que ela é muda. Diremos que é um garotinho de família nobre que veio aprender as letras, um irmão em treinamento. E, enquanto isso, ela pode nos ajudar. Pode escrever sobre os acontecimentos do mundo. Nunca somos em número suficiente para o trabalho. Deixemos que ela nos ajude. Isso permitirá que ela recupere por completo sua saúde e suas forças antes de a mandarmos embora. Sejamos misericordiosos.

O irmão Edik nunca fizera um discurso tão longo e apaixonado na vida.

Nunca havia se colocado diante dos irmãos e feito um pedido tão audacioso.

Mas também nunca ninguém fora tão importante para ele.

Beatryce aprumou os ombros e pôs a mão na cabeça de Answelica.

– Será por pouco tempo – disse o irmão Edik. – Só até ela ficar bem.

Answelica moveu a cabeça lentamente, fitando os olhos de cada um dos monges.

O olhar terrível da cabra deixou todos em silêncio.

Por medo, foram obrigados a concordar que Beatryce podia ficar.

E vocês talvez estejam se perguntando: o que foi que Beatryce escreveu?

Que palavras ela pôs no pergaminho?

Foram estas:

> No final, todos nós acharemos o nosso lugar.
> No final, todos nós chegaremos ao lar.

Quando eles estavam a sós, o irmão Edik perguntou a Beatryce de onde tinham vindo as palavras que ela escrevera, a que texto essas palavras pertenciam.

– Não sei – disse Beatryce. – Estavam na minha cabeça e eu escrevi. Isso é tudo que sei.

Os versos do texto eram um mistério para ela, algo escondido em seu interior. Enquanto estava escrevendo, ela sentira as palavras se desdobrarem uma por uma dentro dela e pousarem, belas e brilhantes, na página.

Quando estava segurando a pena, Beatryce ainda não sabia quem era sua gente nem de onde viera, porém sabia quem era.

– Leia-me as palavras como estão escritas naquele grande livro – pediu o rei.

O conselheiro curvou a cabeça sobre um pergaminho. Disse:

– Estas palavras estão escritas nas Crônicas do Desconsolo. Eu as copiei exatamente como aparecem. "Virá um dia uma criança menina que destronará um rei."

– Leia por inteiro – pediu o rei.

– "Virá um dia uma criança menina que destronará um rei e provocará uma grande mudança."

– Sim – disse o rei. – Mas é uma profecia. Isso não significa que está predestinada a se realizar. Devemos interferir no destino?

– Não se deixe levar pelas dúvidas – disse o conselheiro. – Dúvidas são para homens pequenos. Reis não têm dúvidas. E o senhor é um rei.

– Interrogarei essa criança quando ela for encontrada. Pois sou o rei. E isso é algo que também está escrito nas Crônicas do Desconsolo: que eu estava predestinado a ser rei.

– Sim, Majestade – disse o conselheiro. – É exatamente isso.

O conselheiro se permitiu um sorrisinho torto.

Suas vestes escuras emitiam um brilho oleoso à luz das velas que bruxuleavam em volta do trono.

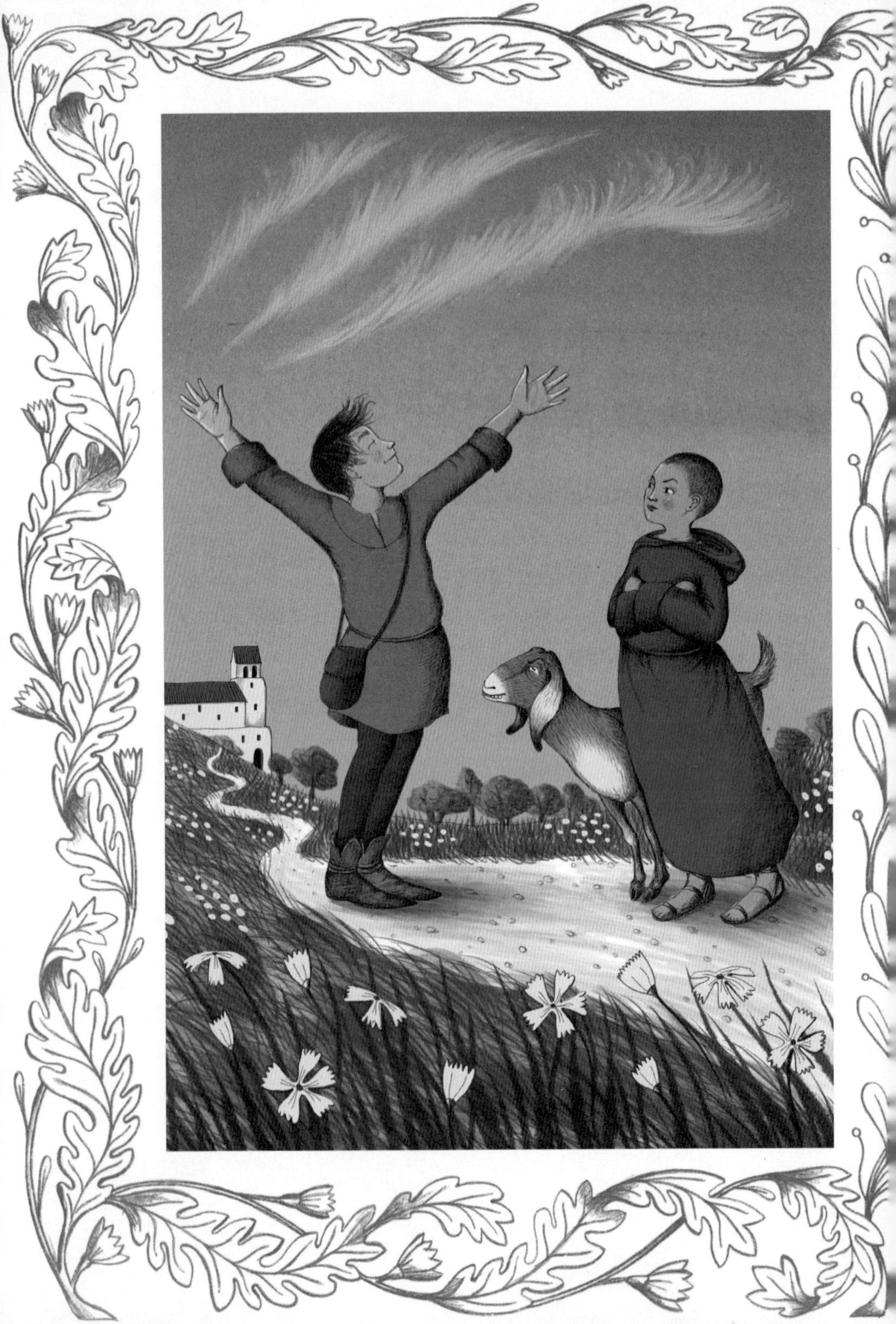

LIVRO SEGUNDO

Capítulo Treze

Jack Dory não pertencia a ninguém.

Viera da floresta escura quando era muito novo.

Isto, é claro, aconteceu em um tempo de guerra.

O menino chegara à aldeia sozinho, a pé, e dissera seu nome para a primeira pessoa que encontrara.

Essa pessoa era a vovó Bibspeak. Estava sentada em um banquinho, de costas para sua cabana, com seu rosto ancião virado para o sol.

Abelhas zumbiam. A grama estava alta e o céu estava muito azul, azul o suficiente para partir um coração em dois.

A vovó Bibspeak estava neste mundo fazia tanto tempo que seu próprio coração fora partido em dois inúmeras vezes, e ela estava cansada disso. Pretendia, no pouco tempo que lhe restava, proteger seu coração.

E por isso mantinha os olhos fechados para o belo azul e se concentrava no calor do sol, no zumbido das abelhas.

Quando o menino falou com a vovó Bibspeak, ela não se mexeu.

— Meu nome é Jack Dory! — disse o menino.

— E eu com isso? — perguntou a vovó Bibspeak, sem abaixar a cabeça nem abrir os olhos.

– Tem ladrões na floresta – disse Jack Dory.

– Claro que tem – disse a vovó Bibspeak. – É a floresta escura, afinal de contas. A floresta escura é repleta de ladrões.

– Estávamos indo de Highflint para Throttletown – disse Jack Dory. – Meu pai não queria lutar na guerra, por isso estávamos indo de Highflint para Throttletown para evitar os homens do rei.

Sobre isso, a vovó Bibspeak não disse nada. Que as pessoas iam de um lugar para o outro para evitar as guerras e os homens do rei não era novidade para ela, e não era interessante. Na verdade, ela ficava exausta só de pensar naquilo: na necessidade constante das pessoas de fugir de uma coisa para outra, achando que evitariam algum sofrimento, quando o sofrimento estava esperando por elas aonde quer que fossem.

A vovó Bibspeak estava farta dessa tolice. Abandonara todas as ilusões. Não havia segurança neste mundo, e a vovó Bibspeak sabia disso. Ia ficar onde estava. Que viesse o sofrimento. Que passasse por ela.

– Eles barraram nosso caminho – disse Jack Dory –, e o maior deles tinha uma barba preta e uma faca brilhante, e segurava a faca entre os dentes, e falava rosnando. Sua voz era como a do diabo em pessoa.

– Se você diz – disse a vovó Bibspeak.

— Ele levou tudo o que a gente tinha. Levou a capa da minha mãe. Levou o chapéu do meu pai.

— É o que os ladrões fazem — disse a vovó Bibspeak, ainda de olhos fechados. — Eles roubam.

— Mas meu pai não gostou. Enfrentou os ladrões e eles mataram ele. O homem de barba preta matou meu pai.

A vovó Bibspeak sentiu um aperto no coração. Queria se esquecer das coisas terríveis que os humanos eram capazes de fazer uns com os outros. Queria ficar sentada à luz do sol, escutar as abelhas e esquecer.

Não queria se importar.

A vovó Bibspeak deu um suspiro. Abriu os olhos. Abaixou a cabeça.

Olhou para o menino.

Jack Dory.

Ele era muito pequeno. Tinha cabelos escuros.

— E sua mãe? — ela disse, fazendo a pergunta que não queria fazer.

— Ela me mandou correr — disse Jack Dory. — Gritou que era para eu correr.

— E você correu — disse a vovó Bibspeak.

— Corri. Corri o mais rápido que já corri na vida, e eu corro muito rápido. Não olhei para trás nem quando ouvi ela gritar, e agora estou perdido. Não sei onde estou e não sei onde está minha mãe, e ela gritou e eu não virei para trás.

– Venha – disse a vovó Bibspeak, estendendo as mãos.

O menino chegou mais perto dela. A vovó Bibspeak pôs as palmas das mãos nos dois lados do rosto dele.

– Fale seu nome de novo – ela disse.

– Jack Dory.

– Sim – disse a vovó Bibspeak. – Fale de novo.

– Jack Dory.

– Diga mais uma vez quem você é.

– Eu sou Jack Dory.

O menino ficou parado ao lado da velha senhora, sob o sol forte, sob o céu azul.

As abelhas zumbiam, e a vovó Bibspeak fez o menino repetir seu nome até ele entender, em algum lugar dentro dele, o que ela estava tentando lhe dizer: que seus pais se foram, estavam mortos, mas que ele próprio ainda estava vivo.

– Eu sou Jack Dory – disse ele.

– Sim – disse a vovó Bibspeak. – Você é.

Capítulo Catorze

A vovó Bibspeak o chamava de Jack-da-Porta e Jack-de-Palha. Dizia que ele era seu menino valente. Dizia que era a luz do seu coração, o rio da sua alma, seu amado.

Ela viveu por mais quatro anos, até Jack Dory completar doze, então ela morreu e ele continuou morando na cabana, sozinho. Tomava conta de si mesmo.

Ele era veloz e, já que ninguém ali tinha cavalo, uma pessoa veloz era de muita serventia. Ele carregava pacotes. Levava mensagens.

Sua memória era um prodígio. Bastava alguém lhe dizer algo uma única vez e a coisa ficava na cabeça dele, palavra por palavra, exatamente como haviam dito. Num mundo onde as pessoas não sabiam ler nem escrever, essa memória era algo precioso.

Além disso, ele tinha talento para imitações. Sabia fazer o som de um lobo chamando outro lobo ou de um corvo anunciando que encontrara comida. Sabia andar como a mulher do estalajadeiro e rir igualzinho ao ferreiro – antes de ele ser convocado para a guerra.

Os aldeões lhe pediam para contar as velhas histórias, pois ele sabia fazer as vozes de todos os personagens e era como assistir a uma peça de teatro. Era como se eles estivessem ouvindo a história pela primeira vez.

Por causa desses talentos – porque ele tinha pés ligeiros e memória prodigiosa e era um grande imitador –, Jack Dory não passava necessidades. Ganhava comida e roupas quentinhas. Não pertencia a ninguém e era amado por todos.

No entanto, à noite, tinha sonhos terríveis. Sonhava com o ladrão barbudo que matara seu pai e sua mãe. O ladrão sorria, segurando a faca entre os dentes.

Em seus sonhos, Jack Dory ouvia sua mãe gritar.

E acordava suando, com um único pensamento: *Quero essa faca. Um dia, vou pegar essa faca dos dentes do ladrão.*

Capítulo Quinze

Na mesma aldeia de Jack Dory, não longe do lugar onde o menino sonhava com uma faca e uma vingança, um soldado do rei estava acamado na estalagem.

O soldado não era jovem nem velho, e estava terrivelmente febril, extremamente debilitado. No ápice da doença, no auge de seu sofrimento, aconteceu que ele foi visitado por uma anja – uma anja terrível, uma anja de asas escuras e esfrangalhadas.

A anja pairava ao pé da cama do soldado, batendo suas asas negras. Das penas emanava um fedor nauseabundo.

– Eu sei quem você é – disse o soldado. – Já vi você muitas vezes no campo de batalha. Sei que agora vou morrer. Quero morrer! Não suporto mais esta vida.

A anja abriu a boca e fechou de novo. Seus dentes eram medonhos: tortos, disformes e manchados.

– O quê? – gritou o soldado. – O que é que você quer dizer?

– Você precisa – disse a anja. Então ficou em silêncio.

– Preciso? Preciso? Preciso o quê?

– Isso precisa ser escrito – disse a anja. – Se for escrito, haverá uma chance de perdão.

— Perdão? – perguntou o soldado. – Como eu poderia algum dia ser perdoado?

— Faça com que seja escrito – disse a anja. Então bateu suas asas malcheirosas, levantou voo e sumiu pelo telhado da estalagem.

O soldado tentou se esquecer da anja, tentou se forçar a acreditar que tinha sido imaginação sua, mas não conseguiu, por isso saiu da cama e custosamente desceu a escada escura, torta e muito traiçoeira da estalagem.

Ao pé da escada, junto à grande lareira de pedra, o soldado se endireitou o quanto pôde e dirigiu-se à mulher do estalajadeiro. Disse:

— Necessito de um irmão do monastério.

— Necessita, é? – disse a mulher do estalajadeiro.

— A anja diz que precisa ser escrito – disse o soldado.

A mulher, que estava cuidando do fogo, virou-se para olhar para ele.

— A anja diz?

— Sim – disse o soldado. – Se for escrito, serei perdoado.

— Rá – disse a mulher do estalajadeiro. – Perdoado!

Ela se virou de novo para o fogo.

— Traga-me um monge! – exclamou o soldado.

— Ora, eu não vou trazer nada. Mas Jack Dory pode levar um recado para eles, se você quiser pagar.

— Então vá buscar Jack Dory – disse o soldado. – Estou pronto para que isto termine. Não suporto mais.

— Acho que tudo vai terminar logo, logo – disse a mulher do estalajadeiro.

O soldado de repente sentiu-se fraco demais para ficar em pé.

— Preciso me sentar – ele disse.

— Bom, então sente-se – disse a mulher do estalajadeiro.

— Não há nenhuma cadeira – disse o soldado. Mas, enquanto ainda expressava sua queixa, suas pernas bambearam e ele caiu no chão.

A mulher do estalajadeiro foi até a porta e gritou:

— Jack Dory! Tenho um serviço para você!

Num piscar de olhos, um jovem rapaz apareceu na cozinha. Tinha uma grande cabeleira escura e estava sorrindo.

— Este aqui – disse a mulher do estalajadeiro –, este aqui, sentado no chão... este aqui diz que está recebendo visitas angelicais. Quer que coisas sejam escritas.

— Não sou *eu* que quero que sejam escritas – disse o soldado. – A anja quer que sejam escritas.

— Leve-o para o quarto dele – disse a mulher do estalajadeiro.

— Eu consigo andar – disse o soldado. Tentou ficar em pé, mas não conseguiu.

– Devo carregar você? – perguntou o menino.

– Não deve – disse o soldado. – Você não seria capaz.

– Ora, claro que sou capaz – disse Jack Dory. O menino curvou-se, levantou o homem nos braços e foi subindo a escada. Carregava o soldado como se não pesasse mais do que um saco de rabanetes.

O homem de repente teve vontade de realmente ser um saco de rabanetes, pois assim não teria uma alma a seu encargo, não teria pecados dos quais se redimir. Os rabanetes não tinham culpa, não eram culpados de nada, só de ser rabanetes.

Nenhuma anja da morte se daria o trabalho de visitar um rabanete e falar de perdão e da necessidade de escrever coisas.

– Queria ser um rabanete – disse o soldado.

– Ah... ora, não é tão grave assim – disse o menino. Começou a assobiar uma melodia alegre.

– Prometeram-me o perdão – disse o soldado.

– Perdão? – disse o menino. – É uma boa promessa.

E então voltou a assobiar.

Capítulo Dezesseis

E foi assim que Jack Dory caminhou até o monastério, até a Ordem das Crônicas do Desconsolo.

Quando chegou, foi recebido por uma cabra. Ela veio correndo na direção dele, de cabeça baixa.

Jack Dory nunca tinha visto uma cabra correr tão veloz. Ficou admirando-a por um momento.

Sim, era mesmo muito veloz.

Ele deixou que ela viesse correndo em sua direção, e então, no último instante possível, deu um passinho elegante para o lado e a cabra passou em disparada por ele, ainda a toda a velocidade, indo parar num prado.

Ele ouviu risadas, então uma voz nítida disse:

– Você foi mais esperto do que ela. Eu não sabia que isso era possível.

Ele virou-se e viu uma figura vestindo uma túnica com capuz.

– Sim, fui mais ágil e mais esperto do que ela. E poderia correr mais veloz também, com certeza – disse Jack Dory.

Enquanto ele pronunciava essas palavras, a cabra voltou correndo e lhe deu uma cabeçada no traseiro, e Jack Dory saiu voando.

Ele voou por uns bons metros e, quando aterrissou, pôs as mãos atrás da cabeça e ficou deitado no prado, olhando para o céu azul e assobiando. Fingiu que era isso que pretendia o tempo todo: ficar relaxando na grama, assobiando e olhando para o céu.

A figura de túnica deu risada, e a cabra veio até Jack Dory, curvou-se em cima dele e cheirou seus cabelos.

— Olá – ele disse para a cabra. Sentou-se. — Venho em paz. Vim buscar um monge para escrever as confissões de um homem. Esse homem está morrendo e foi visitado por uma anja. O homem é soldado e está disposto a pagar um bom dinheiro para se aliviar de seus pecados.

— Por que esse homem, esse soldado, simplesmente não diz o que fez de errado? – perguntou a figura de túnica.

— Estou falando com a cabra – disse Jack Dory.

— Está perdendo seu tempo. Ela só ouve a mim.

— E quem é você?

— O nome dela é Answelica.

— Não a cabra – disse Jack Dory. — Você.

— Não devo dizer quem sou. Não devo nem abrir a boca.

— Por quê? – quis saber Jack Dory.

Seguiu-se um longo silêncio. A cabra chamada Answelica olhou para Jack Dory com seus olhos amarelos. O vento soprava pelo campo. Um pássaro cantava.

Jack Dory esperou. Era bom em esperar.

– Qual é o *seu* nome? – perguntou o pequeno monge.

– Eu? Sou Jack Dory.

– Jack Dory, vou contar um segredo para você.

– Não, obrigado – disse Jack Dory.

– Como assim?

– Não quero saber um segredo. Segredo é encrenca. A vovó Bibspeak sempre me falava que segredo é encrenca, e que encrenca gera mais encrenca.

– Quem é a vovó Bibspeak?

– Era a pessoa que me amava – disse Jack Dory. – Agora estou aqui para achar um monge que escreva o que esse homem diz, para que ele possa ter seu perdão. Você pode me ajudar?

– Meu nome é Beatryce – disse o monge. Ela abaixou o capuz da túnica, revelando um rosto em forma de coração e uma cabeça sem um único fio de cabelo. Lançou um olhar fortemente desafiador para o rapaz. – E eu poderia fazer isso. Poderia escrever o que o soldado precisa que seja escrito.

– Você? – disse Jack Dory. – Você não poderia escrever nadinha. Você é só uma menina, uma menina sem cabelo.

– Você está me irritando – disse a menina.

A cabra se postou ao lado dela.

– Olha como estou com medo – disse Jack Dory. Ficou de pé e abriu os braços. – Olha como estou tremendo.

Ele sorriu. Assobiou uma melodia. Olhou nos olhos da menina, a tal Beatryce, e então para o céu azul atrás dela.

Era um céu tão azul que podia partir um coração em dois. Ele conhecia esse azul. Era o azul dos acontecimentos inesperados.

Ele não confiava nem um pouco naquele azul.

– Você vai me levar até um monge que possa escrever as palavras do homem ou não vai? – perguntou Jack Dory.

– Você não me conhece – disse Beatryce.

– Pois é – disse Jack Dory. – Não mesmo.

A cabra foi trotando até ele. Aproximou-se e farejou o rapaz. Cabra esperta, cabra inteligente.

Jack Dory se curvou para ficar cara a cara com ela. Queria deixar claro que não era o tipo de pessoa que se deixaria intimidar por uma cabra.

Ele estava olhando no fundo de seus olhos amarelos, quando a cabra recuou a cabeça e então deu uma cacetada na dele, com uma força terrível e repentina.

Foi uma dor tremenda. Havia estrelas dançando dentro da cabeça de Jack Dory, e também sinos tocando em algum lugar.

Estrelas e sinos. Sinos e estrelas.

Ele achou que talvez fosse melhor sentar-se de novo, e foi o que fez.

Como se a voz dela viesse de muito longe, ele ouviu a menina – a menina careca de túnica de monge, a menina que dizia ser capaz de escrever, a menina chamada Beatryce – dando risada.

Capítulo Dezessete

Ela não deveria ter contado para ele que sabia escrever.

Não deveria ter falado nada.

O irmão Edik ia perder as esperanças nela.

Mas ela gostava do menino. Mais que isso, confiava nele.

Não sabia por quê; simplesmente confiava.

Beatryce estendeu a mão para ele e disse:

— Segure minha mão. Sua cabeça vai parar de tinir daqui a pouco. Sorte sua que ela não mordeu você. Geralmente ela morde. Os irmãos acreditam que Answelica é demoníaca. Ela já atacou todo mundo. Todo mundo menos eu.

Jack Dory segurou a mão dela. Ela o puxou para ajudá-lo a se levantar. Ele parecia não ter peso algum.

— Você é leve como o ar — ela disse.

— Sim, por isso sou veloz. Sou a pessoa mais veloz que você vai conhecer na vida. Sou até mais veloz que sua cabra demoníaca.

— Ninguém é mais veloz que Answelica — disse Beatryce.

– Eu venceria fácil uma corrida com ela – disse Jack Dory.

– Duvido, muito sinceramente – disse Beatryce.

Eles caminharam juntos até o monastério, atravessando o campo. Answelica foi ao lado deles.

A cabra olhava para Beatryce e então para Jack Dory, como se quisesse dizer: "Eu não mandei esse sujeito pelos ares? Não fiz a cabeça dele tocar como um sino? Quem é a cabra mais sensacional que já existiu? Digam lá."

Beatryce pegou na orelha esquerda de Answelica e deu um puxão.

Answelica respondeu com uma leve cabeçada na perna de Beatryce.

Beatryce sentiu de repente que já tinha caminhado antes num campo banhado de sol, sob um céu azul, junto com um menino e uma cabra.

Mas, é claro, isso não podia ter acontecido. Era só porque ela estava feliz – feliz com Jack Dory, feliz com Answelica.

– Onde você mora? – ela perguntou a Jack Dory.

– Na cabana da vovó Bibspeak, na aldeia.

– Vovó Bibspeak – disse Beatryce. – Ela é a pessoa que ama você.

– Sim, que me amava. Ela se foi.

– Foi para onde?

– Morreu.

– Mas então quem cuida de você?

– Eu cuido de mim mesmo.

– E seus pais?

– Mortos – disse Jack Dory.

Uma estranha criatura enrolada surgiu na mente de Beatryce. Era uma coisa brilhante, como se feita de luz, e girava sem parar.

Ao vê-la, tropeçou.

Jack Dory estendeu a mão e segurou seu cotovelo. Sustentou-a. Olhou nos olhos dela.

– Agora fale a verdade – ele disse. – Você sabe escrever?

– Você não pode contar para ninguém – disse Beatryce. – Eu não deveria ter contado para você.

– Mas você sabe escrever?

– Sei – disse Beatryce.

– Como?

– Não sei – disse ela. – Não sei de nada. Não lembro de nada. Só meu nome, nada além do meu nome.

– Beatryce – disse Jack Dory.

– Beatryce – ela respondeu.

E então o irmão Edik estava andando na direção deles. Tinha uma expressão preocupada, e seu olho errante se revirava descontroladamente.

– Quem é você? – ele perguntou.

– Ele é Jack Dory – disse Beatryce – e é quase tão esperto quanto Answelica, só um pouco menos. Os pais dele morreram. A vovó Bibspeak o amava, mas ela morreu também. Ele cuida de si mesmo e veio buscar alguém para escrever a confissão de um soldado. Há uma recompensa em dinheiro. Além disso, ele diz que é um corredor veloz, ainda mais veloz do que Answelica. – Ela fez uma pausa. – E eu contei para ele. Contei quem eu sou.

– Sim – disse Jack Dory. – Essa é a verdade. Toda a verdade, ou quase toda.

Ele cumprimentou o irmão Edik com a cabeça e então ficou sorrindo para ambos.

– Ah, Beatryce – disse o irmão Edik.

Capítulo Dezoito

O pedido que Jack Dory veio trazer ao monastério foi considerado por todos os monges – exceto pelo irmão Edik – como a solução perfeita para o problema de Beatryce.

Não era por isso que eles haviam rezado? Por um jeito de se livrar da menina?

Era.

Eles a enviariam à estalagem, ao soldado que precisava que algo fosse escrito. Enviariam a cabra junto com ela e se livrariam da menina demoníaca e da cabra demoníaca de uma vez só.

– Mas como podemos deixar essa menina partir sozinha no mundo? – perguntou o irmão Edik.

– O ouro que o homem lhe dará vai facilitar sua jornada pelo mundo – disse o padre Caddis. – Ela encontrará seu caminho. Não se esqueça de que a presença dela é um perigo para nós. Com certeza tem alguém procurando por ela. Mais cedo ou mais tarde, vão acabar vindo procurar aqui. E então o que faremos? Ela precisa ir embora. Precisa ir para nunca mais voltar.

– Ela é uma criança – disse o irmão Edik.

– Faça o que estou mandando – disse o padre Caddis numa voz mais dura, mais firme. – Dê a ela uma pena, um tinteiro e pergaminho e envie-a junto com o menino. Vou dizer para ele que não a traga de volta para nós. Vou dizer que ele não pode, sob hipótese alguma, trazê-la de volta. A cabra também precisa ir, é claro. A providência nos forneceu uma solução, um jeito de sairmos dessa. É assim que deve ser, como tem de ser.

E então o irmão Edik, covarde como era, fez o que o padre Caddis mandou. Colocou numa bolsa os instrumentos de escrita necessários, além de uma vela e uma pederneira. Também pôs na bolsa todas as balas de melado que encontrou.

Enquanto preparava a bolsa para Beatryce, o irmão Edik lembrou que também tinha sido mandado embora quando criança, que seu pai o entregara para o monastério e lhe dissera para nunca mais voltar.

Como as pessoas eram capazes de mandar seus filhos embora?

Como alguém podia dizer adeus a uma pessoa amada?

Mas era isso que o mundo exigia, não era?

Vez após vez, o mundo insistia em traições e despedidas.

Como era possível suportar?

Capítulo Dezenove

Você vai partir com Jack Dory – disse o irmão Edik, entregando a bolsa para Beatryce. – Vai escrever as palavras que o homem disser.

– Sim – ela disse. Pegou a bolsa da mão dele. Parecia pesada. – E então vou voltar para você.

– Não sabemos o que acontecerá depois – disse o irmão Edik. – Apenas siga Jack Dory. Faça o que ele mandar. E não fale. É sério, Beatryce, será melhor você fingir que é muda.

Beatryce assentiu com a cabeça.

– Vou escrever a confissão desse homem. Vou ser mais silenciosa do que o silêncio e, então, quando terminar de escrever as palavras dele, vou escrever uma coisa melhor. Vou escrever a história da sua sereia.

– O que você quer dizer com isso? – perguntou o irmão Edik.

– Quero dizer que vou contar a história do rosto bonito da sereia e do rabo enfeitado de joias. Vou contar para você o que aconteceu com ela.

Ela disse isso para alegrá-lo, mas ele estava chorando.

– Irmão Edik? – ela disse. – Você não quer a história da sua sereia?

— Sim – disse ele, enxugando os olhos. – Quero.

— Então prometo que conto quando voltar – ela disse, olhando para seu olho triste, o olho torto, o que nunca ficava parado.

Ela amava aquele olho. Parecia-lhe um olho muito mais apto do que qualquer olho normal para observar o mundo torto e caótico que todos eles habitavam.

O irmão Edik sorriu para ela. Ela sabia que ele não queria sorrir, mas ele sorriu por ela.

— Nós nos encontraremos – ela disse.

— Sim, Beatryce – disse ele. – Nós nos encontraremos.

Eram três na estrada: Jack Dory, Beatryce e uma cabra.

Jack Dory ia fazendo estrelas enquanto andava. Depois de cada estrela, fazia uma parada de mão.

— Você não consegue fazer isso, consegue? – ele gritava para Beatryce.

— Não consigo porque preciso andar do seu lado fingindo que sou um monge – disse Beatryce.

Ela trazia a bolsa pendurada, com a faixa no peito. A bolsa batia em seu quadril enquanto ela caminhava. Ela sentia um peso no coração.

Mas a cabra não parecia preocupada. Answelica corria até Jack Dory, dando saltinhos no ar e balançando a cabeça, então corria de volta e andava num passo solene ao lado de Beatryce.

Jack Dory começou a assobiar uma canção jovial.

Beatryce olhou para a cabra. Disse:

– Acho que ele finge ser feliz. Acho que, no fundo, ele é triste. As pessoas que ele amava morreram. Ele está sozinho no mundo.

Answelica ergueu o olhar para ela, escutando.

– Não tenho medo – disse Beatryce para a cabra. – Não vou ter medo.

Answelica fez que sim com a cabeça.

Deu uma cabeçadinha na perna de Beatryce. A menina segurou a orelha dela.

– Não tenho medo nenhum – disse Beatryce de novo.

Capítulo Vinte

Mas ela tinha medo.

Estava tão escuro no quarto da estalagem.

– É isso? É essa criaturinha que vai escrever minha confissão? Você me trouxe o menor monge do mundo? – perguntou o soldado.

Ele estava na cama, com as cobertas até o queixo. Seu rosto estava vermelho e repleto de pústulas e gotículas de suor. Suas mãos tremiam.

– Ora, isso nem parece grande o suficiente para ser uma pessoa. Talvez não passe de uma túnica que você armou em forma de monge para enganar minha vista fraca, meu coração fraco. O mundo está escurecendo e você me traz um monge minúsculo.

– Eu trouxe o que você pediu: um monge capaz de escrever exatamente o que você disser – disse Jack Dory. – Você não disse que tamanho de monge eu deveria trazer.

– Você, fale algo! – disse o soldado a Beatryce.

– Este monge é mudo – disse Jack Dory.

– Sinto cheiro de cabra – disse o soldado.

– É imaginação sua – disse Jack Dory.

– Tanto faz. Tanto faz. Não importa. Nada importa agora. Saia, menino. E você, seu monge minúsculo, não olhe para mim. Vire esses olhos para longe de mim.

Beatryce abaixou a cabeça. Não tinha nenhuma vontade de olhar para o homem. Ele estava muito zangado e tinha um cheiro terrível. O quarto inteiro fedia, como se ocultasse alguma coisa morta.

Ela fechou os olhos. Pensou em coisas boas, coisas doces.

Pensou na bala de melado do irmão Antoine. Pensou no grande *B* dourado que o irmão Edik fizera para ela. Pensou na sereia do irmão Edik e nas joias espalhadas em seus cabelos e incrustadas em seu rabo.

Pensou na luz do sol entrando pela janelinha do quarto no monastério.

Pensou em Answelica dando aquela cabeçada que fez Jack Dory sair voando.

Pensou na cara de surpresa que Jack Dory fez.

Sim, essa era uma coisa maravilhosa em que pensar.

Ela estendeu a mão, e lá estava a cabra ao seu lado, com aquela cabeça ossuda, sólida e quente como uma pedra numa tarde de verão.

Beatryce abriu os olhos.

– Agora eu me vou – disse Jack Dory.

Fique. Por favor, fique, ela queria dizer para ele. Mas não disse. Em vez disso, assentiu com a cabeça, e Jack Dory retribuiu o gesto.

Então ele se aproximou e, numa voz muito baixa, disse uma única palavra para ela:

— Beatryce.

Só essa única palavra. O nome dela.

Era como se ele a estivesse lembrando de quem ela era.

E então ele se foi, e eram só Beatryce e o soldado e Answelica num quarto escuro, no andar de cima de uma estalagem, numa aldeia ao lado de uma floresta escura, não longe de um monastério perto de um castelo, onde um conselheiro falava com um rei.

— Soldados foram enviados por todo o reino, senhor. É só questão de tempo até que ela seja encontrada.

— Você se lembra — perguntou o rei — de quando veio até mim, levou-me ao monastério e me mostrou a profecia, como estava escrita no grande livro?

— Lembro-me — disse o conselheiro.

— Glorioso dia — disse o rei. — Eu estava perdido e à deriva. Não sabia, jamais teria sonhado, que tais palavras proféticas haviam sido escritas sobre mim. Pensei que levaria uma vida medíocre. Mas, em vez disso, estou no centro do poder, na mão inabalável do destino.

– Pois é – disse o conselheiro.

– Aquelas palavras que foram escritas sobre mim... pode dizê-las agora?

O conselheiro pigarreou e disse:

– De forma muito inesperada, o filho mais jovem de um filho mais jovem ascenderá ao trono.

– Sim – disse o rei, numa voz cheia de fascínio. – De forma muito inesperada. E era eu.

– Era. E de fato aconteceu. Com alguma ajuda.

– Porque precisamos agir para que nosso destino se cumpra – disse o rei.

– Sim, senhor. Como eu disse: devemos escutar as profecias. E também devemos agir de acordo com elas. Encontraremos essa menina.

Capítulo Vinte e Um

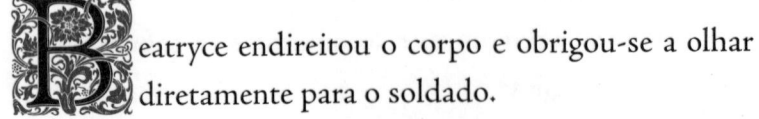

Beatryce endireitou o corpo e obrigou-se a olhar diretamente para o soldado.

– Não olhe para mim! – disse ele.

Answelica chegou mais perto da cama. Seus cascos batiam no chão de madeira, marcando um ritmo funesto.

– O que é isso? – perguntou o homem. – Que ser maligno se aproxima de mim?

A cabra pôs o focinho bem na cara do soldado e ele deu um berro.

– Demônio! – ele gritou.

Beatryce abafou uma risada. Abriu a bolsa, tirou o pergaminho e o estendeu no chão. Não havia mesa.

Acendeu a vela. Preparou a tinta.

Answelica esticou o pescoço e farejou o ombro de Beatryce. Enfiou a cabeça na bolsa e deu um murmúrio de prazer. O cheiro de melado se espalhou pelo quarto.

Beatryce empurrou a cabra para o lado. Tateou dentro da bolsa e achou uma pequena pessoa feita de melado. Junto havia também uma folha e uma estrela. Ela sorriu. *Ah, o irmão Edik.*

O soldado se sentou.

– Agora? – ele perguntou. – Vou falar agora?

Beatryce não respondeu nada.

– Sinto cheiro de cabra – disse o homem, deitando-se de novo. – Mas que diferença faz? O cheiro de cabra não é nada comparado ao fedor terrível daquela anja. Por isso, vou me confessar.

O quarto então ficou em silêncio e, mesmo com a luz da vela, escuro demais. A escuridão e o silêncio pareciam familiares para Beatryce. Era como o abismo – aquele lugar terrível do não lembrar. Ela sentiu aquele vazio em suas costas, pressionando-a, respirando em sua nuca.

Eu não vou, ela disse a si mesma. *Ficarei aqui.*

Ela estendeu a mão e tocou em Answelica, e foi como se tivesse lançado uma âncora para si mesma num rio escuro e veloz.

Beatryce se equilibrou. Ficou onde estava.

– Vou começar! – gritou o homem. – Vou dizer e você vai escrever, e tudo estará feito.

Beatryce curvou a cabeça sobre o pergaminho.

O homem ia fazer o que tinha que fazer. Diria o que tinha que dizer, e ela também faria o que tinha que fazer. Escreveria tudo. E então ela e Answelica voltariam para o mundo – para Jack Dory e o irmão Edik, para a luz do sol e os campos.

O soldado limpou a garganta.

De fora, veio o canto de um pássaro – uma única nota, clara e aguda.

Após uma longa pausa, o pássaro piou de novo. Então cantou uma canção, uma canção de felicidade e tristeza, de luz e escuridão.

Que tipo de pássaro seria aquele? Que tipo de pássaro cantaria uma canção tão complicada, tão lamentosa e tão bela?

Beatryce ergueu a cabeça. Ficou escutando. Então entendeu.

Era Jack Dory.

O coração dela inundou-se de luz. Ele queria que ela soubesse que estava ali perto e que ela não estava sozinha. Ela sorriu.

Fez todo o sentido, para ela, que Jack Dory fingisse ser um pássaro. Ele avançava pelo mundo com a mesma leveza.

Ela se lembrou, outra vez, de Jack Dory dizendo seu nome antes de sair do quarto.

Beatryce.

– Eu sou Beatryce – ela sussurrou para si mesma. Pôs uma bala de melado na boca. A doçura floresceu dentro dela.

– Eu matei – disse o homem.

E com essas duas palavras, todos os pensamentos a respeito de pássaros, canções e doçura se esvaíram da cabeça de Beatryce.

Seu coração ficou pesado, cheio de temor.

– Quantos eu matei? – disse o homem. – Não sei. Escreva que tirei vida após vida, tantas vidas que não há como contar. Houve guerras e lutei nelas como um soldado deve lutar, como um soldado precisa lutar. E então houve os assassinatos que cometi a pedido do rei, especificamente a pedido do rei. E fiz tudo isso sem arrependimento. Sim, sem arrependimento!

Beatryce sentiu o quarto tombar para o lado e então se endireitar de novo.

Soltou a pena e agarrou a orelha de Answelica.

– Está escrevendo? – gritou o homem. – Escreva!

Mas ela não queria escrever. Quem ia querer escrever palavras tão terríveis?

– Escreva! – gritou o soldado.

Beatryce soltou a orelha da cabra. Pegou a pena. Mergulhou a ponta no tinteiro. Escreveu: *Eu matei*. Sua mão tremia.

– Não me arrependo de *quase* nada – disse o soldado. – Arrependo-me das crianças. Certamente é isso que a anja quer que fique registrado. Arrependo-me das crianças.

Beatryce ergueu os olhos. Ficou totalmente imóvel.

– Dois meninos e uma menina. Matei os três. Escreva isso.

Mas Beatryce não conseguia escrever. Não conseguia se mexer. Foi acometida por algum tipo de paralisia. Ficou olhando para a chama da vela e viu uma criatura enrolada e luminosa.

O que é isto?

Um cavalo-marinho. Um cavalo do mar.

Cavalo-marinho, cavalo-marinho, cavalo do mar.

Então, de repente, a criatura estava caindo nas trevas, escapando dela.

Beatryce cobriu os olhos com as mãos. Abaixou a cabeça na direção do chão.

O homem agora estava chorando – soluços fortes, entrecortados.

Answelica deu uma cabeçadinha delicada em Beatryce.

Beatryce levantou a cabeça, destapou os olhos e viu a cabra.

"Aqui", a cabra parecia dizer. "Aqui. Fique aqui."

Então o soldado disse:

– Embaixo desta cama está a espada. É a espada que cometeu esses atos. Não consigo limpá-la. Ela não pode ser limpa.

Essas palavras pareciam vir de muito longe.

Answelica deu outra cabeçadinha em Beatryce.

Fique. Fique aqui.

E Beatryce então lembrou que prometera ao irmão Edik que contaria a história da sereia.

A sereia.

Beatryce curvou-se sobre o pergaminho outra vez. Riscou as palavras *Eu matei*.

Escreveu: *Era uma vez uma sereia.*

Capítulo Vinte e Dois

Jack Dory estava sentado sob o beiral da cabana da vovó Bibspeak. Inclinou seu banquinho para trás, encostou-se na parede aquecida e ficou bem de frente para o sol. Fechou os olhos.

Imaginou Beatryce no quarto escuro. Imaginou-a escrevendo.

Uma menina que sabia escrever! Era estranho, inacreditável.

E também muito perigoso, o que certamente era o motivo por que os monges não queriam que Beatryce fosse levada de volta para eles.

É perigoso, Jack Dory, ele disse a si mesmo. Atente pois isto é perigoso. Encrenca gera mais encrenca. Sim, esta menina precisa ficar do meu lado. Precisa ser protegida.

E, assim, ele a pôs no centro de sua mente.

Beatryce.

Desejou que ela ficasse sã e salva.

Jack Dory sabia que era impossível manter as pessoas sãs e salvas. Mesmo assim, tentou manter Beatryce – Beatryce que sabia escrever, Beatryce e sua cabra, Beatryce e sua risada – sã e salva em sua mente.

Ele ouviu cascos de cavalos.

Ficou de olhos fechados, com as costas apoiadas na parede cálida do sol, mas seu coração bateu mais rápido.

Cavalos eram animais raros.

Cavalos pertenciam apenas ao rei e aos homens do rei, e não podia ser boa notícia um soldado do rei aparecer na aldeia quando havia ali uma menina que sabia escrever.

Encrenca gera mais encrenca.

Os cascos dos cavalos pareciam estar chegando cada vez mais perto. O coração de Jack Dory acelerou. Então veio o som de alguém apeando, o tinido de uma espada.

Jack Dory pensou: *Bom, então vai começar.*

Ele endireitou o banco. Pôs os pés no chão. Abriu os olhos. Um soldado do rei estava parado na frente dele.

– Menino – disse o soldado –, há forasteiros alojados na sua aldeia?

– Forasteiros? – perguntou Jack Dory.

– Pessoas que você não conhece.

– Ah, pessoas que eu não conheço. Não tem ninguém.

– Não há nada de diferente aqui? – perguntou o soldado. Tinha olhos pequenos. Sua mão segurava o punho da espada.

– Tudo está exatamente como sempre foi – disse Jack Dory, sorrindo. – Não mudou nadinha. É a maldição deste lugarejo, continuar como sempre foi.

— Vou perguntar de novo, nos termos mais claros possíveis. Alguma menina veio sozinha a esta aldeia, procurando abrigo?

O coração de Jack Dory despencou no peito.

Beatryce.

Ele olhou nos olhos do soldado. Não havia luz naqueles olhos pequenos, não havia misericórdia.

— Nenhum tipo de menina veio para cá — disse Jack Dory, sem desviar o rosto. Pediu ao seu coração para bater devagar, bem devagar.

— Entenda que faremos essa pergunta a todos — disse o enviado do rei. — Bateremos em cada porta, em cada casebre desta aldeia. Interrogaremos cada alma. Mentiras serão punidas com a morte. Estamos aqui numa missão para Sua Majestade em pessoa. É o rei que está procurando essa menina. Você entende?

— Entendo — disse Jack Dory, sorrindo. — É o rei em pessoa.

— Não é motivo para rir, rapaz. A menina está enfeitiçada. É um perigo para si mesma e para todos que cruzarem seu caminho.

— Mas eu não estou rindo, estou? — disse Jack Dory. — E não conheço nenhuma menina perigosa.

— E um soldado? Você viu um soldado?

— Um soldado? – perguntou Jack Dory, ainda com um sorriso no rosto. – É uma pegadinha? Estou vendo um soldado agora, não estou?

— Vou revistar sua cabana – disse o soldado.

— Reviste à vontade – disse Jack Dory. Ele apontou na direção da porta, então inclinou seu banquinho outra vez, virou a cara para o sol e fechou os olhos.

Ouviu o soldado cruzar a soleira da cabana da vovó Bibspeak, depois sair de novo. Ouviu o zumbido de uma abelha e então, por fim, o som de cascos e o tilintar das esporas do soldado do rei que se afastava, conduzindo o cavalo a pé.

Jack Dory ficou de olhos fechados. Esperou, depois esperou mais um pouco. A abelha voava amistosamente perto de sua cabeça.

Muitas vezes pensara que, se a vovó Bibspeak porventura decidisse voltar do outro mundo – pois certamente havia um outro mundo, um mundo diferente, um mundo que fazia mais sentido do que este – seria em forma de abelha.

E por isso Jack Dory falava com todas as abelhas, com cada uma delas.

— Está tudo bem, vovó Bibspeak – ele sussurrou. – Não se preocupe. Não vou fazer nenhuma tolice, prometo.

Ele abriu os olhos. A abelha estava bem na sua frente, zumbindo.

– Mas nunca mais vou ficar parado só olhando – disse Jack Dory. – Não, e nunca mais vou fugir. Não vou. Prometo.

Capítulo Vinte e Três

Lentamente, Jack Dory pôs as pernas no chão. Ficou de pé. Espreguiçou-se. Disse:

— Agora vamos buscá-la, vovó Bibspeak.

Ele andou para a estalagem.

— O que é que você quer agora? — perguntou a mulher do estalajadeiro. — Nunca tem silêncio aqui. Sempre tem alguém exigindo alguma coisa.

— Pois é — disse Jack Dory —, então você também falou com o soldado do rei.

— Ele estava procurando uma criança estranha.

— Ele foi lá em cima?

— Eu disse que não tinha nada lá em cima além de um monge e um homem à beira da morte. Mas ele quis ir ver com os próprios olhos. Desceu de volta rapidinho. Disse: "Dona, aquele quarto tem cheiro de morte. E tem uma cabra. Você não me falou sobre a cabra. A cabra está de péssimo humor!" Ele riu. Eu não ri com ele. Não vejo graça nenhuma em uma cabra de mau humor.

— Acho que vou lá fazer uma visitinha a essa cabra — disse Jack Dory.

— Faça o que quiser. Todo mundo faz o que quer. — Ela sacudiu a cabeça em desaprovação. — Uma menina enfeitiçada. É isso que ele está procurando. O rei quer essa menina, se você acredita numa coisa dessas.

Jack Dory acreditava sim numa coisa dessas, por isso subiu as escadas lentamente, com medo do que poderia encontrar.

No quarto escuro, o homem estava chorando, como se não fosse parar nunca mais. Tinha a cabeça embaixo das cobertas.

Beatryce estava no chão, debruçada sobre um pergaminho, escrevendo atentamente.

A cabra estava ao lado dela. Olhou para Beatryce e então para Jack Dory, então de novo para Beatryce, como se quisesse dizer: "Veja só o que se passa aqui."

– Estou vendo – disse Jack Dory para a cabra.

– Beatryce – ele disse, depois lembrou que não deveria ter dito o nome dela.

Mas ela não levantou a cabeça e o homem não parou de chorar, e foi como se Jack Dory não tivesse dito nada.

– Beatryce – ele repetiu num sussurro.

Ele se curvou, segurou Beatryce pelos ombros e a sacudiu. A cabra enfiou a cabeça entre os dois – se para intervir ou para ajudar, Jack Dory não sabia ao certo.

Era uma cabra muito incômoda.

Jack Dory estava começando a sentir algum afeto por ela.

– Temos que ir – Jack Dory disse para Beatryce. Ele a puxou para levantá-la e, ao fazer isso, derrubou o tinteiro. Tinta preta, escura como sangue, escorreu pelo chão.

Beatryce olhou para a tinta e então para Jack Dory. Olhou atrás dele. Disse:

– Embaixo da cama tem uma espada.

– Uma espada? – perguntou Jack Dory.

– Embaixo da cama tem uma espada – disse Beatryce.

Era como se alguém tivesse lançado nela um feitiço, e "embaixo da cama tem uma espada" fossem as únicas palavras que ela era capaz de dizer.

– Muito bem – disse Jack Dory. – Vou procurar uma espada embaixo da cama.

Ele se agachou, enfiou a mão embaixo da cama e sentiu algo pesado e frio. Puxou o objeto e o levantou.

Uma espada – sua longa lâmina terrível brilhava em silêncio.

O rosto do ladrão, com sua barba escura, surgiu de relance na mente de Jack Dory – o ladrão e a faca que ele segurava entre os dentes.

Jack Dory pensou que uma espada como aquela seria algo muito útil.

Answelica deu uma cabeçadinha na perna dele.

Ele olhou para a cabra.

– Sim – ele disse, abaixando a espada. – Tem razão. Agora temos que ir.

O soldado descobriu a cabeça de repente. Gritou:

– Ela está retornando! Estão vendo? Ela está retornando!

– Beatryce – disse Jack Dory. – Temos que ir.

Ele a empurrou diante de si para sair do quarto e descer a escada.

A cabra foi atrás, seus cascos trotando nos degraus de madeira.

Mais à frente, uma abelha voejava na penumbra.

– Sim, vovó – sussurrou Jack Dory. – Ela está comigo. Vou protegê-la.

A cabra fez um barulho que parecia dizer: "Depressa, depressa, vão mais rápido."

Do quarto atrás deles veio um clarão de luz e um fedor terrível, então o som de grandes asas batendo.

A espada parecia pesada, ameaçadora – gloriosa – nas mãos de Jack Dory.

No castelo, o filho mais jovem de um filho mais jovem, o homem que agora era rei, estava sendo entretido, distraído. Sentado em seu trono, batia palmas acompanhando a canção dos músicos da corte. Ria do bobo da corte. Fascinava-se com os malabarismos.

E o conselheiro do rei?

Estava sozinho na torre principal do castelo, vestindo seus trajes escuros.

Olhou para as terras lá embaixo. Da torre, o conselheiro enxergava muito longe, muitíssimo longe. Enxergava até o Castelo Abelard, empoleirado numa colina com vista para o mar.

– Eis uma pergunta – disse o conselheiro. – É melhor ser o rei ou ser o homem por trás do rei? Ou seja, é melhor ser o fantoche ou o manipulador do fantoche? Responda a essa pergunta, Beatryce, você que sempre teve resposta para tudo. Beatryce de Abelard, você pode responder a essa pergunta para mim?

O conselheiro sorriu seu sorrisinho torto.

– Sem pressa. Posso aguardar sua resposta. Sou um homem paciente. Enquanto isso, enquanto espero, quem sabe eu também vá fazer umas perguntas à sua mãe.

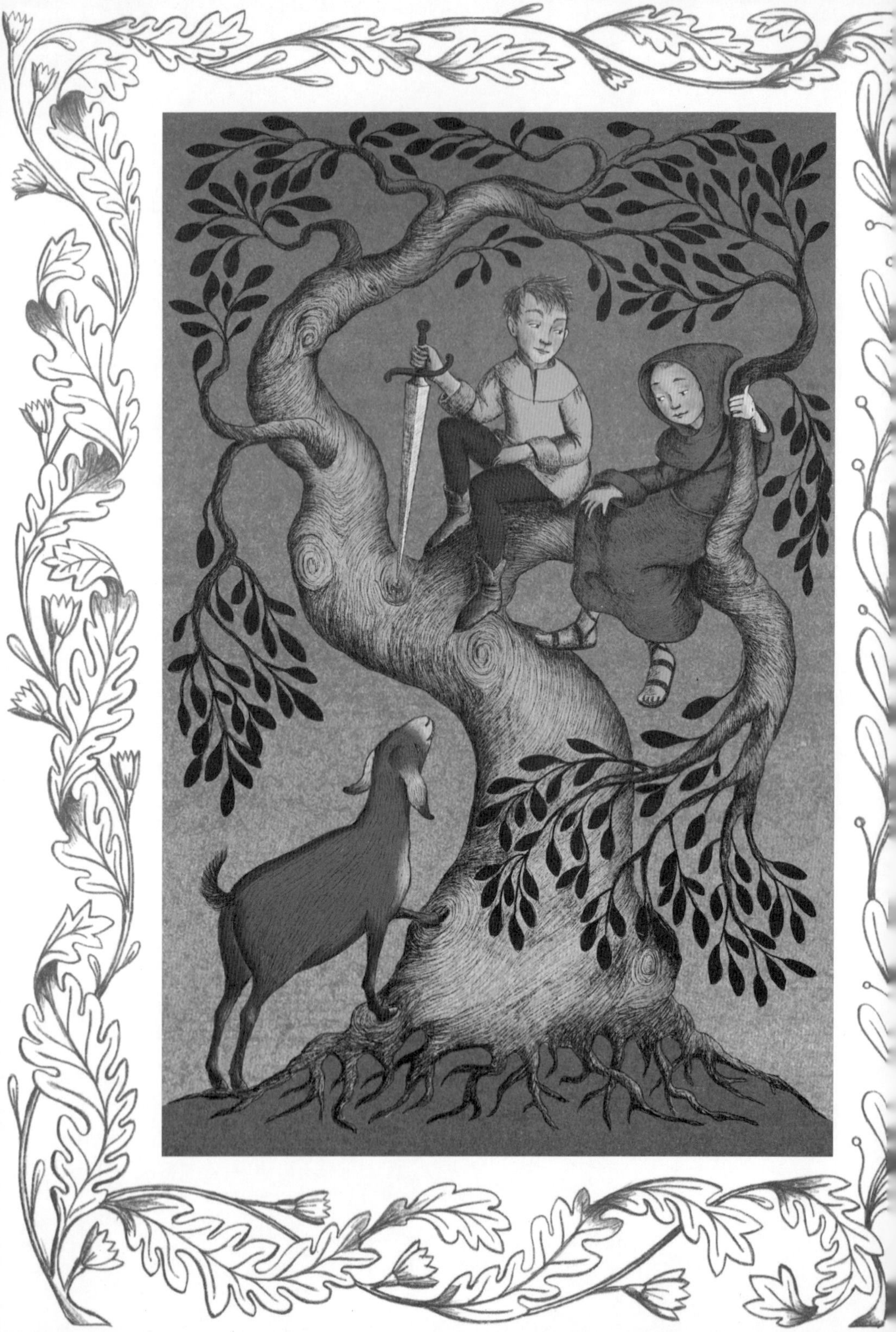

LIVRO TERCEIRO

Capítulo Vinte e Quatro

Eles foram para a floresta escura.

A floresta escura não era um lugar seguro, mas naquele momento, com certeza, eles estariam mais seguros ali do que na aldeia, ou pelo menos foi o que disse Jack Dory.

Beatryce não sabia nada sobre a floresta escura, nem se importava com ela. Não sabia o que era seguro ou não, nem se importava com isso. Não tinha ânimo para se importar com nada no momento. Seu corpo estava pesado. Seus membros estavam fracos. Era como se ela tivesse passado mil anos dormindo.

Havia uma história sobre um homem que alguém tinha feito dormir por mil anos. Ele acordou e viu que as estrelas tinham se reconfigurado no céu e que o sol nascia no oeste em vez do leste. O homem exclamou: "Que mundo é este que agora habito, e como viverei nele?"

Alguém contara essa história a Beatryce.

Quem?

Ela não lembrava.

Não se lembrava de nada. Nada.

Eles se embrenharam na floresta escura, e era como se estivessem entrando em uma enorme caverna verde.

Que mundo é este que agora habito, e como viverei nele?

Quando estavam totalmente rodeados de árvores, Jack Dory virou-se para ela e pôs a espada no chão. Colocou as mãos nos ombros dela.

– Beatryce – ele disse. – Beatryce.

Ele a sacudiu de leve.

– Agora acorde – ele disse. – Você tem que acordar.

Ele pegou a mão dela e a pôs na cabeça de Answelica.

– Beatryce – ele disse. – Preciso de você.

E com essas palavras, e com a cabeça quente e sólida da cabra em sua mão, o mundo ficou mais próximo. Beatryce sentiu algo se revirar dentro dela e começar a vibrar.

Ela olhou nos olhos de Jack Dory. Ele sorriu para ela.

– Aí está você – ele disse. – Ouça. Ouça o que vou dizer. Eles estão atrás de nós. Acho que deveríamos subir nesta árvore. É alta o bastante para vermos quem está vindo, e assim vamos ficar escondidos.

– Mas e Answelica?

– Que tem ela?

– Ela não consegue subir em árvores.

Jack Dory olhou para a cabra e sorriu.

– Provavelmente não. Se bem que eu não duvidaria de nada. Vamos deixar a cabra no pé da árvore, vigiando. Que tal?

Ele olhou para o topo da árvore.

– Devo carregar você? – ele perguntou a Beatryce.

– Não – ela disse. Passou por ele, agarrou um galho baixo, tomou impulso e subiu no tronco da árvore.

– Rá – disse Jack Dory. – Alguém ensinou você a ler e escrever, e alguém também ensinou você a subir em árvores.

Ele sorriu para ela.

– Tome aqui – ele disse. – Segure a espada enquanto eu subo.

– Não – disse ela. Sentiu um calafrio terrível percorrer seu corpo, uma grande lufada de escuridão. – Não quero.

– Segure, para eu ficar com as mãos livres para subir.

– Não – ela disse de novo.

Jack Dory deu um suspiro. Cravou a espada na terra e subiu na árvore com um impulso, então se debruçou e puxou a espada para cima.

Eles ficaram sentados no mesmo galho. Answelica ficou olhando para eles, levantando um casco e depois o outro. Era como se estivesse refletindo sobre a melhor maneira de subir na árvore.

– Fique aí – disse Beatryce para a cabra. – Você precisa ficar vigiando.

– Segure a espada, vou subir mais alto – disse Jack Dory.

– Não vou segurar essa espada – disse Beatryce. – Pare de pedir isso.

– Então muito bem – disse Jack Dory. – Vamos ficar aqui, exatamente onde estamos. Na floresta escura. Nos galhos mais baixos de uma árvore. Com uma cabra de vigia. Com certeza vai dar certo. O que poderia dar errado?

Ele assobiou algumas notas.

– Ouvi você assobiar para mim – disse Beatryce. – Hoje, mais cedo. Antes.

– Sim – disse Jack Dory. – Pois é.

– Quero ouvir aquela música de novo – disse Beatryce.

– Não sei se é uma boa ideia assobiar – disse Jack Dory. – Eles estão atrás de nós.

– Quem? – perguntou Beatryce.

– Soldados do rei – disse Jack Dory. – É por isso que é bom ter esta espada.

– O homem disse que matou tantas pessoas com essa espada que não há como contar.

– O que mais ele confessou? – perguntou Jack Dory.

– Não lembro. Não quero lembrar. – Ela sentiu o hálito escuro do abismo em sua nuca. Sentiu um calafrio. – Onde está o irmão Edik? Quero ver o irmão Edik. Quero voltar para o monastério.

– Você não pode voltar. Não tem mais volta.

Terríveis palavras!

— Eles estão à sua procura — disse Jack Dory. — O monastério com certeza é um dos lugares onde eles vão procurar. É o rei em pessoa que quer você. Não sei por quê. Imagino que seja porque você sabe desenhar letras. Eles dizem que você está enfeitiçada.

Que mundo é este que agora habito, e como viverei nele?

O vento soprou através das folhas da árvore, e Beatryce sentiu-o soprar através dela também, como se ela fosse uma coisa oca.

— São apenas letras — ela disse. — Não é bruxaria. São letras e palavras.

Ela olhou para as próprias mãos. Havia lugares escuros no polegar e no indicador da mão direita. Manchas de tinta.

É daqui que vêm as palavras, pensou ela. *Destes lugares escuros.*

— O que mais o homem confessou? — perguntou Jack Dory.

— Já disse que não lembro. Por que você precisa saber de tudo? Você me irrita.

— Sim, bom, você me irrita também — disse Jack Dory. — Afinal, é só por sua causa que estou escondido numa árvore no meio da floresta escura.

Abaixo deles, Answelica baliu uma vez, depois de novo.

Veio um som de passos. Alguém estava abrindo caminho pela vegetação rasteira.

— Xiu — disse Jack Dory.

— Não me diga "xiu" — sussurrou Beatryce. — Sei muito bem quando devo ficar quieta. Não sou nenhuma tapada.

— Xiu — disse Jack Dory outra vez.

Beatryce revirou os olhos para ele e se debruçou para olhar. Não enxergava nada.

Uma voz disse:

— Ora, vejam só. Uma cabra. Uma cabra. Uma linda cabra.

E então a voz transformou as palavras numa canção:

Linda cabra tão sozinha
à minha espera
na verdejante floresta.
Olá, minha sozinha,
olá, linda cabrinha,
tão sozinha.
Vem passear comigo,
linda cabra à espera
na verdejante floresta,
vem comigo
passear alegremente?

Era uma canção muito bela, cantada por uma voz muito bela.

Quando a canção terminou, houve um breve silêncio. Então veio um barulho familiar: o som da cabeça de Answelica chocando-se com força contra um corpo humano.

Tanto Beatryce como Jack Dory se inclinaram para a frente.

Alguém estava voando, alguém com longos cabelos grisalhos, vestindo uma túnica.

Beatryce não conseguia ver se era um homem ou uma mulher. A túnica era cinzenta e os cabelos eram cinzentos. Em seu aspecto geral, a criatura lembrava mais um espírito do que um ser humano.

Mas eis que uma coisa maravilhosa aconteceu: quem quer que fosse – homem, mulher ou fantasma – estava rindo.

Capítulo Vinte e Cinco

Era um homem caído no chão.

Estava caído de costas, dando risada. Ergueu os joelhos até o peito e continuou rindo sem parar.

Pelo menos Jack Dory achava que era uma risada. Não tinha certeza. O homem parecia ter perdido totalmente o juízo, de tanta tristeza ou tanta alegria.

Os cabelos do homem eram compridos e sua barba era ainda mais comprida. Chegava quase aos joelhos.

Answelica ficou com a cabeça abaixada em cima do homem, estudando-o.

– Ah, cabra, cabra – cantou o homem. – Eeeeei. Cabra, cabra, linda cabra, não quer vir perambular comigo? Eeeeei.

Ele ficou sentado e deu tapinhas na cabeça de Answelica, e a cabra deixou.

O homem enxugou os olhos na manga de sua túnica e ergueu o olhar para a árvore.

Jack Dory pôs a mão no ombro de Beatryce e a puxou para trás.

– Não adianta tentarem se esconder – disse o homem. – Sei que vocês estão aí em cima. Sinto o cheiro de ambos. É um cheiro que conheço bem; é um cheiro ainda mais forte do que o cheiro de cabra. Vocês têm cheiro de medo.

Jack Dory ouviu Beatryce puxar o ar de susto.

– Vocês têm razão de ter medo – disse o homem. – Não se pode atravessar esta floresta sem deparar com um grande perigo. Esta floresta abriga o mal. No entanto, eu poderia, caso desejasse, proporcionar-lhes uma travessia segura. Conheço esta floresta profundamente, todinha.

Ouviu-se outra batida forte.

Jack Dory e Beatryce se inclinaram para a frente.

O homem estava caído de costas de novo, rolando no chão da floresta, rindo sem parar.

– Ou talvez eu não vá lhes proporcionar uma travessia segura – disse ele –, pois sua cabra... eeeei... sua cabra parece estar empenhada em me matar.

– Senhor! – disse Jack Dory. Ele ficou de pé na forquilha da árvore e empunhou a espada diante de si. – Sugiro que veja o que estou carregando.

– Pare – disse Beatryce.

Jack Dory a ignorou. Disse:

– O senhor acha que atravessaríamos esta floresta desprotegidos? Acha que somos tolos? Não somos tolos. Sei muito bem o que se esconde e nos espreita nesta floresta. Conheço o mal que vive aqui.

Houve um longo silêncio.

Answelica soltou um balido inquiridor.

— Estamos sob a proteção do rei – disse Jack Dory. – Saiba o senhor que estamos numa missão real. Na verdade, estamos levando uma mensagem para o rei.

— Mentiroso – sussurrou Beatryce.

Sim, era mentira. Mas Jack Dory sentia que mentir era a coisa certa naquela situação. E se ia mentir, por que não contar uma mentira inteligente? Por que não dizer que estavam indo justamente em direção àquilo de que estavam fugindo?

— Foram-nos confiadas palavras importantes – disse Jack Dory. – Palavras das quais depende a sorte de todo o reino. Este monge aqui na árvore comigo... está vendo? Este monge é mudo, e seu crescimento foi atrofiado por um sem-número de problemas.

Jack Dory agora estava se divertindo!

Beatryce beliscou a perna dele.

— Ai – disse Jack Dory. – Como eu estava dizendo, este monge atrofiado e deformado é um escriba pessoal do rei, e devo garantir que ele regresse ao rei em segurança. Para que a mensagem possa ser entregue.

O homem tinha parado de rir. Agora estava de pé, olhando para os dois, estudando-os. Seu rosto era liso e sem marcas, o que era desconcertante, considerando o comprimento e a cor da barba.

– Vocês têm uma mensagem para o rei? – perguntou o homem.

– Sim – disse Jack Dory. – Temos.

O homem começou a rir outra vez.

– Vocês têm uma mensagem para o rei, uma mensagem... hi hi hi... para o rei. – Ele se debruçou e pôs as mãos nos joelhos. – Oh, estrelas e santos que estão no céu, olhem por mim e... hi hi hi... riam comigo.

Answelica olhou para Beatryce e para Jack Dory, então para o homem que ria, então de volta para eles, como se quisesse dizer: "Eis um excelente espécime de ser humano. Devo mandá-lo pelos ares outra vez?"

– Ele é maluco – disse Jack Dory para Beatryce.

– Eu não sou atrofiada – disse Beatryce.

– Seu temperamento é atrofiado – disse Jack Dory.

O homem de barba parou de rir. Disse:

– Vejam, mais cedo ou mais tarde vocês terão de descer dessa árvore. Desçam agora. Não vou lhes fazer mal. Prometo. Eu jamais interferiria na... hi hi hi, oh, estrelas e santos no céu, que ironia! Que doce ironia!... mensagem para o rei.

Jack Dory ficou ali na árvore, com Beatryce ao seu lado e a cabra e o homem embaixo. Ficou ali com a espada na mão. Os pássaros cantavam.

Uma abelha descrevia círculos preguiçosos sobre sua cabeça.

– Eu acredito nele – sussurrou Beatryce.

– Eu não acredito nele – disse Jack Dory, sem sussurrar.

– Answelica acredita nele. Está vendo? Ela não o atacou de novo.

– Que importa no que uma cabra acredita?

– Eu vou embora – disse Beatryce. – Você pode fazer o que quiser.

E ela começou a descer da árvore.

O que Beatryce podia saber sobre a floresta escura?

O que uma cabra podia saber sobre em quem confiar?

Nada.

Mas que escolha Jack Dory tinha, na verdade?

Nenhuma.

Aonde Beatryce ia, ele tinha que ir.

De algum modo, as coisas eram assim agora. Ele não sabia ao certo como – mas aonde ela ia, ele ia também.

Jack Dory deu um suspiro e foi atrás de Beatryce.

Capítulo Vinte e Seis

O homem barbudo os guiou pela floresta. Os três foram atrás dele em fila única: Answelica primeiro, Beatryce atrás de Answelica e Jack Dory atrás de Beatryce.

A cabra erguia os joelhos muito alto, andando num passo pomposo, como se fosse ela que estivesse no comando. De vez em quando, olhava de relance para Beatryce.

"Então você está aqui?", Answelica parecia dizer. "Está junto comigo?"

"Sim", Beatryce respondia com o olhar. "Estou aqui."

Jack Dory carregava a espada diante de si e, sempre que Beatryce se virava para olhar para trás, ela via aquela ameaça terrível, reluzente.

A espada sabia de algo terrível que queria contar. Mas Beatryce não queria ouvir essa história.

Lembrou-se do que Jack Dory dissera: o rei estava à procura dela.

O rei!

Ela olhou para seu polegar e seu indicador, para os borrões de tinta.

Sim, o rei estava à sua procura porque ela sabia ler e escrever.

Ela sentiu o profundo vazio escuro em seu interior se retorcer e se abrir. Quem era ela?

Answelica olhou para ela mais uma vez. Beatryce sorriu para a cabra.

Todos continuaram andando.

A floresta era tão verde que chegava a ser escura.

O homem de barba virou-se de repente. Disse:

— Já estive em numerosas procissões na vida, mas jamais uma tão estranha quanto esta. Posso caminhar com uma cabra em meu encalço, mas não com uma espada às minhas costas. Abaixe a espada, rapaz. Garanto que não tenho más intenções.

— Rá – disse Jack Dory.

— Abaixe a espada e me diga o seu nome – pediu o homem.

— O nome dele é Jack Dory – disse Beatryce. – E eu sou Beatryce, e a cabra se chama Answelica.

— Ah – disse o homem –, então você não é, afinal, um monge mudo cujo crescimento foi atrofiado por um sem-número de problemas.

— Eu sou Beatryce – disse Beatryce. – Quem é você?

— Quem eu sou? Sou alguém que deixou seu nome para trás, há um bom tempo. – O homem sorriu e passou a mão na barba. – Na verdade, deixei tudo para trás há um bom tempo.

Mas podem me chamar de... vejamos... Cannoc. Sim, Cannoc. É mais fácil ter um nome do que não ter, imagino.

– Cannoc – disse Beatryce.

– Sim – disse ele.

– Aonde você está nos levando? – perguntou Jack Dory.

– Abaixe a espada – disse Cannoc – e eu lhe digo.

Jack Dory fez um ruído de desprezo, mas abaixou a espada.

– Estou levando vocês a um lugar seguro – disse Cannoc. – Precisam confiar em mim.

– Meus pais morreram nesta floresta – disse Jack Dory. – Não tendo a confiar em nada nem em ninguém aqui.

Cannoc assentiu com a cabeça.

– Coisas terríveis acontecem aqui. – Ele fez uma pausa. – Por outro lado, coisas terríveis acontecem em toda parte.

– Pois é – disse Jack Dory. – Acontecem.

– Só temos de caminhar mais um pouco e estaremos em segurança – disse Cannoc. – Podem permanecer comigo só por mais algum tempo?

– Sim – respondeu Beatryce em nome de ambos, em nome dos três.

Ela confiava naquele homem.

Por quê?

Porque a canção dele sobre Answelica tinha sido tão bela. Porque ele ria tão bem.

E por que ela confiava em Jack Dory?

Porque ele assobiava e fazia estrelas. Porque tinha vindo buscá-la e resgatá-la de um quarto escuro.

E o irmão Edik? Ela confiava nele por causa de seu olho torto e irrequieto, por suas letras douradas, e por sua enorme gentileza.

E havia também a cabra. Beatryce confiava em Answelica porque sua cabeça era ossuda, porque suas orelhas eram macias e seu amor era ferrenho e inabalável.

Será que esses eram bons motivos para confiar em alguém? Ela não sabia. Só podia dizer que confiava.

– Jack Dory? – perguntou Cannoc.

– Tudo bem – disse Jack Dory.

Cannoc fez que sim com a cabeça. Virou-se e continuou andando.

Answelica lançou um olhar sério de cumplicidade para Beatryce. Virou-se e seguiu Cannoc. Beatryce seguiu a cabra. E Jack Dory seguiu Beatryce.

– Cannoc? – disse Beatryce. – Será que você poderia cantar de novo? Será que poderia cantar a canção sobre a linda cabra na floresta verdejante?

Cannoc riu.

– Eu posso cantar essa canção – disse ele.

E cantou.

Capítulo Vinte e Sete

Jack Dory tinha razão, é claro.

Os soldados do rei foram ao monastério em busca de Beatryce. Foram naquele mesmo dia. E não demoraram muito para descobrir que a menina realmente estivera ali e que fora o irmão Edik quem a encontrara.

Ele chorou quando o interrogaram.

Chorou porque tinha medo.

Mas, acima de tudo, chorou porque nunca deveria ter deixado a menina sumir de sua vista. Deveria ter ido com ela.

– Ouça aqui, homem do olho torto – disse um dos soldados. – Vou extrair toda a verdade de você. Essa criança, essa menina, ela sabia ler e escrever?

– Sim – disse o irmão Edik.

– Então é ela que o rei quer – disse o soldado. – É ela.

Foi ali, naquele momento, que o irmão Edik se lembrou de quando era jovem e parou diante do padre Caddis e disse: "Essas palavras me foram transmitidas."

"Diga-as", dissera o padre Caddis.

"Virá um dia uma criança menina que destronará um rei e provocará uma grande mudança", disse o jovem irmão Edik.

"Suas palavras serão registradas nas Crônicas do Desconsolo", dissera o padre Caddis.

Tinha sido uma das primeiras profecias do irmão Edik, e ele não pensara mais naquelas palavras desde então. Mas agora, de repente, ele as compreendia.

Era Beatryce.

Aquelas palavras proféticas se referiam a Beatryce.

– Sim – ele disse, erguendo a cabeça e olhando nos olhos do soldado. – É ela.

Os soldados vasculharam o monastério, esquadrinharam cada centímetro e, quando finalmente se foram, o irmão Edik juntou alguns pergaminhos, uma pena, uma pederneira e uma vela, então pôs tudo numa bolsa. Ouviu a voz de seu pai:

"Ora, ora! O grande soldado está se preparando para a batalha!"

– Sim – disse o irmão Edik a seu pai, que não estava lá, que morrera muito tempo antes. – Estou.

Ele foi até a cozinha e pediu um punhado de balas de melado ao irmão Antoine.

– Para a menina? – perguntou o irmão Antoine.

O irmão Edik fez que sim com a cabeça.

– Você não vai encontrá-la – disse o irmão Antoine.

– Talvez não – disse o irmão Edik. – Mas preciso tentar.

O irmão Antoine balançou a cabeça.

– Sua tarefa é iluminar as Crônicas. Sua tarefa é escutar as palavras proféticas. Não lhe cabe interceder. Se você partir, o padre Caddis não vai permitir que volte.

– No entanto – disse o irmão Edik –, vou interceder. Pelo menos vou tentar interceder.

O irmão Antoine balançou a cabeça de novo – lentamente, tristemente –, mas deu ao irmão Edik todas as balas de melado que tinha, balas que vinha guardando de reserva por algum tempo: balas no formato de flores, pássaros, folhas, luas crescentes, estrelas e também, é claro, balas no formato de pessoinhas espantadas.

Ele encheu os bolsos do irmão Edik.

Antes de partir do monastério, o irmão Edik entrou na sala das Crônicas do Desconsolo. Folheou o livro até encontrar aquelas palavras que pronunciara quando era jovem.

Virá um dia uma criança menina que destronará
um rei e provocará uma grande mudança.

Sim, lá estavam elas. Escritas na caligrafia do padre Caddis.

O irmão Edik balançou a cabeça, abismado. Pegou a pena e escreveu seu nome e a data ao lado da profecia, depois as seguintes palavras:

Neste dia, saí deveras em busca daquela de quem fala esta profecia: uma criança chamada Beatryce, uma menina capaz de ler e escrever, uma criança que fez com que eu (e também uma cabra de nome Answelica) acreditasse no amor e na ternura e em algum bem maior.

Junto a essas palavras, o irmão Edik desenhou uma pequena iluminura.

Uma sereia.

Então saiu da sala das Crônicas do Desconsolo, deixou o monastério e caminhou por um campo cheio de sabugueiros em flor. As flores amarelas curvadas roçavam nele quando passava.

"Covarde", ele ouviu seu pai dizer. "Você certamente não tem fibra para ser soldado. Seu lugar só pode ser junto aos monges."

– Meu lugar – disse o irmão Edik em voz alta, para ninguém, para todo mundo, para seu pai e para as flores – é junto a Beatryce.

Primeiro ele foi à estalagem.

E lá descobriu que o homem que queria registrar sua confissão estava morto, e que Beatryce, é claro, não estava mais lá.

E que Jack Dory não estava mais lá.

E a cabra?

Também não.

No chão do quarto onde todos tinham estado, havia uma mancha de tinta que parecia um mapa de algum outro reino, algum outro mundo, um lugar totalmente diferente.

– E você os viu partir? – perguntou o irmão Edik à mulher do estalajadeiro quando ergueu o olhar da tinta no chão.

– Não sei de nada – ela disse. – Podem me interrogar o quanto quiserem, não sei de nada. Eu vi Jack Dory levar aquele monge e aquela cabra para dentro da floresta escura? Não vi. Eu vi que Jack Dory estava carregando uma espada? Não vi. O pequeno monge deixou seu pergaminho aqui? Não que eu saiba, não deixou. Não sei de onde isto veio, certo?

A mulher do estalajadeiro entregou o pergaminho ao irmão Edik.

Ele o segurou diante dos olhos e leu as palavras que tinham sido riscadas – *Eu matei* – e as palavras que restavam:

Era uma vez uma sereia.

Era uma vez uma sereia.

Era uma vez uma sereia.

As mesmas palavras tinham sido escritas várias vezes, sempre repetidas.

— Não sei nada sobre nada — disse a mulher do estalajadeiro.

— Nem eu — disse o irmão Edik. — Eu também não sei nada sobre nada. Mas obrigado.

E assim o irmão Edik se encaminhou à floresta escura, na direção que a mulher do estalajadeiro apontara após dizer, repetidas vezes, que não sabia de absolutamente nada.

Estava anoitecendo. O sol se punha, lançando longos raios de luz que faziam o mundo inteiro arder em chamas.

Ele achava que ia encontrar Beatryce?

Não sabia.

Mas achava importante que a procurasse, que jamais desistisse de procurá-la.

O irmão Edik caminhou sob a luz do poente.

Pensou nas Crônicas do Desconsolo e na pequena sereia de iluminura que desenhara em suas páginas.

Seus cabelos e seu rabo estavam cravejados de joias.

E seu rosto?

Seu rosto era o de Beatryce.

Capítulo Vinte e Oito

Novamente, eles estavam em uma árvore.

Não nos galhos de uma árvore, mas no tronco. Tinham atravessado uma porta recortada na lateral de uma árvore enorme e agora estavam dentro dela.

Pelo resto de sua vida, Jack Dory se lembraria daquele momento maravilhoso: de como foi abrir uma porta e entrar em outro mundo, um mundo escondido dentro do mundo que ele já conhecia – como aquilo era impossível, como era certo.

Lá dentro, no oco aconchegante, havia uma mesa rústica e uma cadeira, uma cama entre as raízes da árvore e tapetes de pele de urso no chão.

– Ah – disse Beatryce. – Que bonito.

– Sentem-se – disse o homem chamado Cannoc, apontando para um dos tapetes.

Jack Dory e Beatryce se sentaram.

A cabra, no entanto, continuou em pé. Olhou à sua volta, desconfiada.

Cannoc deu a Beatryce e a Jack Dory um pedaço de favo de mel.

– Comam – disse Cannoc.

— Obrigada — disse Beatryce, mas, um instante depois, tinha adormecido com as costas apoiadas na cabra e o favo de mel ainda intacto na mão.

Cannoc olhou para ela. Viu a mão livre da menina procurar alguma coisa. A cabra abaixou a cabeça e Beatryce segurou sua orelha.

— Então ela está vestida de monge — disse Cannoc. — Tem a cabeça raspada. No entanto, Beatryce é seu nome.

— Sim — disse Jack Dory. — No entanto, ela é Beatryce.

Ele deu uma mordida no favo de mel. Era doce e espesso.

Olhou para Cannoc — sua grande barba, seu rosto sem rugas, suas mãos enormes pousadas nos joelhos.

Beatryce confiava nele, e a cabra não estava tentando matar o homem — o que evidenciava algum grau de confiança, imaginou Jack Dory.

— Ela sabe ler — ele disse. — E sabe escrever.

Cannoc assentiu com a cabeça.

— O rei está à procura dela. Não estamos indo na direção do rei, na verdade estamos fugindo dele. Acredito que o rei quer fazer mal a ela.

— Os reis não sabem o que querem — disse Cannoc. — Exceto uma coisa, é claro: querem continuar sendo reis.

O pedaço de favo de mel escorregou da mão de Beatryce. Ela continuou segurando a orelha da cabra.

– Então – disse Cannoc.

– Então – disse Jack Dory. – Os monges da Ordem das Crônicas do Desconsolo rasparam a cabeça dela e a vestiram com uma túnica de monge, mas ficaram com medo de abrigá-la. Acharam melhor se livrar dela. Exceto um monge de olho rebelde, chamado irmão Edik. Ele não queria mandá-la embora. Mas o chefe da Ordem, o homem que decide, me disse para garantir que ela não voltasse para eles. Quem imaginaria que homens de Deus pudessem ser tão medrosos?

– Talvez a tarefa de escrever a história do mundo, como fazem esses monges, detalhando as coisas terríveis que os homens fazem uns aos outros, deixe qualquer pessoa com medo – disse Cannoc.

Answelica estava de olhos fechados, mas soltou um pequeno gemido que soou como se concordasse.

– Beatryce – disse Cannoc em voz muito baixa. – Ah, Beatryce.

– Beatryce – concordou Jack Dory. Gostava de dizer o nome dela.

Cannoc se inclinou para a frente e pôs o rosto junto ao de Beatryce.

Answelica abriu os olhos e encarou o homem.

– Cuidado com a cabra – disse Jack Dory.

— Pode ter certeza — disse Cannoc — que tenho um grande respeito por este animal.

— Por que você está olhando para ela desse jeito? — quis saber Jack Dory.

— Só para aprender o rosto dela — disse Cannoc. — Já olhei para muitos rostos na vida, e na maioria não prestei atenção, jamais cheguei a vê-los. Agora estou tentando compensar, estou tentando ver de verdade.

Havia uma abelha zumbindo em volta da cabeça de Jack Dory. Ele estendeu o dedo e a abelha voou perto — ainda zumbindo — e então passou por ele, voou até Cannoc e desapareceu nas profundezas de sua barba.

Cannoc se recostou na parede. Sorriu.

Quem era aquele homem em cuja barba uma abelha--vovó Bibspeak seria capaz de se esconder?

— Quem é você? — perguntou Jack Dory.

— Cannoc, como eu disse.

— Sim — disse Jack Dory. — Como você disse.

Cannoc confirmou com a cabeça. Passou a mão na barba. De algum lugar dentro de seu bigode, a abelha zumbia.

Capítulo Vinte e Nove

Ela sonhou.

Sonhou dentro do oco quente de uma grande árvore.

Sonhou ao lado de um homem com uma barba que chegava até os joelhos.

Sonhou diante de um menino com uma espada apoiada na perna.

Sonhou encostada no calor de uma cabra.

Sonhou ao som de uma abelha zumbindo.

O que ela sonhou?

Sonhou consigo mesma.

Estava se olhando de longe.

Estava olhando a si mesma parada em frente ao tutor.

Estava olhando a si mesma observando o cavalo-marinho na mão do tutor.

"Um cavalo-marinho", disse o tutor. "Um cavalo do mar."

"Está vivo?", perguntou Beatryce.

"Está morto", disse o tutor.

"Faça-o viver de novo", disse Beatryce.

"Não consigo fazer isso, Beatryce."

O tutor tinha cabelos escuros e cacheados. Havia uma guirlanda de margaridas equilibrada em sua cabeça. O tutor não sabia que as flores estavam lá.

Os irmãos de Beatryce estavam ali perto, dando risada.

Eram eles que tinham colocado as margaridas na cabeça do tutor. Achavam o homem demasiado solene, e sentiam que ser feito de bobo lhe faria bem.

Asop e Rowan achavam que todo mundo devia ser feito de bobo, às vezes.

Asop! Rowan!

Beatryce olhou para si mesma das alturas do sonho. Viu que tinha longos cabelos castanho-avermelhados. O sol brilhava sobre eles.

O mundo era tão iluminado.

Como era possível o sol brilhar enquanto um pesadelo acontecia?

O cavalo-marinho estava na mão do tutor, depois estava na mão de Beatryce e ela viu que o animal só tinha um olho.

Ele foi feito assim?

As margaridas na cabeça do tutor tremiam.

Asop e Rowan riam.

A luz brilhava.

A mão de Rowan bateu no cotovelo do tutor.

Um soldado entrou de repente na sala.

O cavalo-marinho caiu.

Beatryce viu o animal cair, dando voltas e mais voltas no ar.

Ele atingiu o chão e quicou uma, duas, três vezes.

Faça-o viver de novo!

Ela viu a grande espada do soldado cortar o ar.

A luz se refletia na lâmina.

O tutor caiu no chão e Beatryce ajoelhou-se ao seu lado.

Deu um grito.

Rowan e Asop caíram sobre ela.

Margaridas espalharam-se pelo chão. Havia sangue por toda parte. Ela fingiu que estava morta.

O sol, inacreditavelmente, continuava brilhando.

O soldado disse: "Está feito", e ela conhecia a voz dele, era a voz do homem no quarto escuro da estalagem.

O cavalo-marinho estava perto da sua cabeça. Brilhava como se feito de ouro.

Ela ouviu alguém dizer seu nome.
Beatryce.
Quem a estava chamando?
Beatryce.
Ela queria responder, mas não devia.
Beatryce!
Ela abriu os olhos.

Capítulo Trinta

Ela acordou com Jack Dory, Answelica e o homem da barba, Cannoc, olhando atentamente para ela.

Acordou no coração quente de uma árvore, com uma abelha zumbindo junto ao seu ouvido.

– Você caiu no sono – disse Jack Dory.

– Você estava sonhando – disse Cannoc.

A cabra não disse nada, é claro. Mas fez o que fazia melhor: olhou para Beatryce com convicção, força e amor.

Beatryce começou a chorar.

– O que foi? – perguntou Jack Dory.

Mas ela estava chorando tanto que não conseguia dizer o que era. Estava chorando um oceano. Ia se afogar em suas próprias lágrimas.

– Você não pode dizer? – perguntou Jack Dory.

– Eu lembrei – disse Beatryce.

– O que você lembrou? – perguntou Cannoc.

– Quem eu sou.

– Sim – disse Jack Dory, sorrindo para ela. – Você é Beatryce.

Ela chorou ainda mais forte. Fez que sim com a cabeça.

– O que mais? – disse Cannoc.

– Ele os matou – disse Beatryce. – O soldado veio e matou todos eles. Matou Rowan e Asop. Matou meus irmãos. Matou o tutor. Ele pretendia me matar. Achou que tinha me matado, mas não me matou.

Uma onda de pesar se abateu sobre ela.

Como era possível ela estar viva e eles estarem mortos?

Rowan. Asop. O tutor. O cavalo-marinho. As margaridas. A luz.

Seria melhor não ter lembrado.

– E quanto aos seus pais? – perguntou Jack Dory em voz baixa.

– Meu pai morreu faz muito tempo – disse Beatryce. – Morreu na guerra quando eu era pequena. Não me lembro dele.

– E a sua mãe? – perguntou Cannoc.

Beatryce viu o rosto da mãe – seu olhar intenso, seu sorriso lento, sua grande força ardente.

Ah, sua mãe!

Beatryce sentiu como se alguém lhe tivesse dado um golpe na cabeça com um objeto pesado.

– Minha mãe – ela disse lentamente. De repente, era difícil respirar. – Minha mãe não estava lá. Não estava na sala onde tínhamos as aulas.

– Talvez ela esteja viva – disse Cannoc.

— Talvez ela esteja viva — repetiu Beatryce. Seus lábios pareciam adormecidos enquanto ela repetia as palavras.

— Sim — disse Jack Dory. — Talvez ela esteja procurando você até agora.

Beatryce começou a chorar outra vez.

Cannoc segurou sua mão. Answelica se encostou nela com seu corpo quente e espesso e sua pelagem áspera. Jack Dory segurou a outra mão de Beatryce.

Os quatro ficaram sentados juntos dentro da árvore, enquanto Beatryce chorava.

No silêncio, Beatryce ouviu a voz da mãe:

"Você sempre deve lembrar que é Beatryce de Abelard. Nas suas veias corre um sangue poderoso."

E então Beatryce lembrou-se do quarto escuro na estalagem, do pergaminho tão branco diante de si, das palavras escritas nele:

Eu matei.

Beatryce olhou para Jack Dory. Disse:

— Eu sou Beatryce de Abelard, e o homem que queria que escrevessem sua confissão é o homem que matou meus irmãos. Foi ele que matou o tutor e pretendia me matar. Tudo foi feito por ordens do rei.

A abelha veio de novo e zumbiu no ouvido dela.

— O rei — disse Beatryce. — O rei me quer morta.

Capítulo Trinta e Um

Cannoc pigarreou e disse:

— Agora talvez seja o melhor momento para eu revelar quem sou.

Ele olhou para Jack Dory, depois para Beatryce e depois para a cabra.

— Outrora, eu era o rei — ele disse.

Beatryce enxugou as lágrimas do rosto e olhou para Cannoc.

— Você era o rei? — ela perguntou.

— Isso foi muito tempo atrás. Eu era o rei e depois não era mais. Fui embora.

— Como é que um rei vai embora? — perguntou Jack Dory.

— Eu disse para o conselheiro e para a corte: "Regressarei em breve", e saí andando da sala do trono. A coroa estava na minha cabeça. Atravessei o grande saguão e os criados fizeram reverências solenes. Saí do castelo e andei até a ponte levadiça, e o guarda ali me saudou. Atravessei a ponte levadiça e ouvi meus pés ressoando na madeira, e gostei tanto do som dos meus passos que pensei: *Vou continuar andando.*

— E continuou? — quis saber Beatryce.

— Continuei — disse Cannoc. — Continuei andando. Embrenhei-me na floresta, e o chão sob meus pés parecia magnífico... ainda melhor que o som da ponte levadiça. Pensei: *Vou continuar andando.*

"Andei sem companhia. Andei sem ser abordado. Andei sem ninguém precisar nada de mim. Foi glorioso.

"Os pássaros cantavam acima de mim. Os cervos passavam por mim correndo. Senti cheiro de urso e musgo e mel silvestre, até que cheguei a um corpo aquático, um lago que nunca tinha visto, e parei diante dele e pensei nas últimas palavras que me haviam sido ditas. Eram do conselheiro. Suas palavras foram: 'Aguardaremos o seu retorno, senhor.'

"Fiquei um bom tempo à beira do lago, pensando nessas palavras, então tirei a coroa da cabeça, lancei-a na água e a vi desaparecer. Eu me senti, então, leve como o ar. Ocorreu-me que, sem a coroa na cabeça, eu não conseguiria manter meus pés no chão."

— O rei que não conseguia manter seus pés no chão — disse Beatryce. — Parece uma história que alguém poderia contar.

— Sim, sim — disse Cannoc. — Parece uma história, mas é verdade. Eu me sentei no chão e fiquei rindo sem parar.

E, ah, foi uma sensação magnífica. Eu não me lembrava da última vez que tinha dado risada. Tirei meus sapatos e os joguei no lago, junto com a coroa. Então enfiei os pés na água e os mexi de um lado para o outro e ri mais um pouco, e pensei: *Não regressarei jamais. Darei risada sempre que possível. Deixarei minha barba crescer. Este será meu propósito na terra: dar risada, deixar minha barba crescer e jamais voltar a ser rei.*

— Eles não vieram procurar você? — perguntou Jack Dory.

— Me procurar? — disse Cannoc, então riu. — Meu filho, entenda uma coisa: ninguém vai procurar um rei. Pois, assim que um rei desaparece, aqueles que desejam tomar o seu lugar começam a tramar e calcular como podem se apoderar da Coroa. Quem sabe quantos reinaram desde que desocupei o trono? Quem sabe quantos impostores e mentirosos já usaram uma coroa? Não. Ninguém procura um rei desaparecido.

Fez-se um longo silêncio.

E então Cannoc pigarreou e disse:

— Esta espada. — Ele apontou para a espada apoiada na perna de Jack Dory. — Esta espada traz a marca do rei que já fui e não sou mais. Imagino que tenha sido passada de um soldado pai a um soldado filho.

Jack Dory estudou o punho da espada. Olhou para as linhas desenhadas nele.

– Isto aqui – ele disse, seguindo o traçado com o dedo. – O que significa?

Beatryce se aproximou.

– É um *E* – disse ela. – É a letra *E*.

– Não conheço – disse Jack Dory.

– Como não conhece? – disse Beatryce. – Asop tinha metade da sua idade e conseguia ler qualquer coisa que puserem na frente dele.

– Talvez você não lembre, Beatryce – disse Cannoc. – Ou talvez nunca tenha sabido. As pessoas não sabem ler.

Só os homens de Deus sabem ler, e o rei. E os tutores e conselheiros. As pessoas nem conhecem o alfabeto.

Beatryce balançou a cabeça.

— Só lembro que minha mãe insistiu para aprendermos e guardarmos isso em segredo. Não é certo que as pessoas não saibam ler. Não é nada certo. Eu vou ensinar você, Jack Dory. Vou ensinar você a ler.

Jack Dory sentiu alguma coisinha brilhando dentro dele — saber ler, como seria isso?

Ele olhou para a espada, para a letra gravada nela, então ergueu a espada diante de si, bem alto.

— Abaixe isso — disse Beatryce, numa voz de repente oca e fria. — Abaixe isso.

Ela se levantou. Answelica se levantou também.

— Não vou ficar perto dessa espada. Não vou deixar que fique perto de mim.

Jack Dory pousou a espada aos seus pés.

— O que você quer que eu faça, Beatryce? — perguntou ele. — Como devo me livrar dela?

Ela ficou ali tremendo diante dele, e ele entendeu o tremor dela. Sabia o que era assistir à morte de uma pessoa amada. O rosto do ladrão, com sua barba escura, surgiu em sua mente. Ele viu, mais uma vez, a faca presa entre os dentes do homem.

A cabra abaixou a cabeça. Fez um barulhinho de desesperança.

A abelha voava de um lado para o outro, de um lado para o outro, entre Beatryce, Jack Dory e Cannoc, como se traçasse uma linha invisível.

Por fim, Cannoc se pronunciou:

— Possivelmente, o lugar dessa espada é junto com a coroa.

— Quer dizer que deveríamos jogá-la no lago? – perguntou Jack Dory.

— Não – disse Beatryce numa voz exaltada e segura. – Não. Eu sei o que deve ser feito. A espada pertencia ao soldado; o soldado pertencia ao rei. Mandaram o soldado usar a espada contra mim. Vamos levar a espada para o rei. Vamos lhe devolver seu ato sombrio.

— Vamos? – perguntou Jack Dory.

— Sim – respondeu Beatryce, endireitando o corpo. – O rei não precisa mandar seus soldados à minha procura.

Answelica olhou para ela.

Cannoc também ficou olhando para Beatryce, mas Beatryce manteve os olhos em Jack Dory.

— Vou dizer o que acontecerá com essa espada – ela disse. – Eu, Beatryce de Abelard, vou entregá-la ao rei. Vou fazê-lo prestar contas pelo que fez.

Na masmorra do castelo do rei, o conselheiro estava segurando uma vela. Suas vestes eram tão escuras quanto a própria masmorra.

O conselheiro falou para a escuridão. Disse:

— Você talvez fique feliz em saber que o rei afinal decidiu que Beatryce deve permanecer viva. Estamos procurando por ela, Aslyn. E, quando a encontrarmos, deixarei o rei fazer o que quer. Pelo menos por um tempo.

Ouviu-se um som abafado de fúria.

O conselheiro esperou um bom tempo antes de falar novamente.

— Talvez seja do seu interesse saber que, na minha função de conselheiro, na minha busca por sabedoria para orientar o rei, li nas Crônicas do Desconsolo uma profecia que talvez diga respeito à sua Beatryce. Você gostaria de ouvir essa profecia?

Silêncio.

— Muito bem. A profecia diz assim: "Virá um dia uma criança menina que destronará um rei e provocará uma grande mudança." Li essas palavras e pensei: *Fiz bom uso de uma profecia. Por que não distorcer mais uma para servir aos meus propósitos?*

Ele deu uma risadinha.

– Só que, neste caso, não vou fazer com que a profecia se cumpra. Não, em vez disso, com esta profecia esquecida sobre a criança menina, acho que vou me assegurar de que não aconteça como está escrito.

Veio um grito estrangulado.

– Não sou de origem nobre, Aslyn de Abelard, como você uma vez apontou. Mas isso não importa, não é mesmo? De qualquer modo, quem reina sou eu. Eu reino sobre o rei. E quem reina sobre o rei reina sobre o mundo.

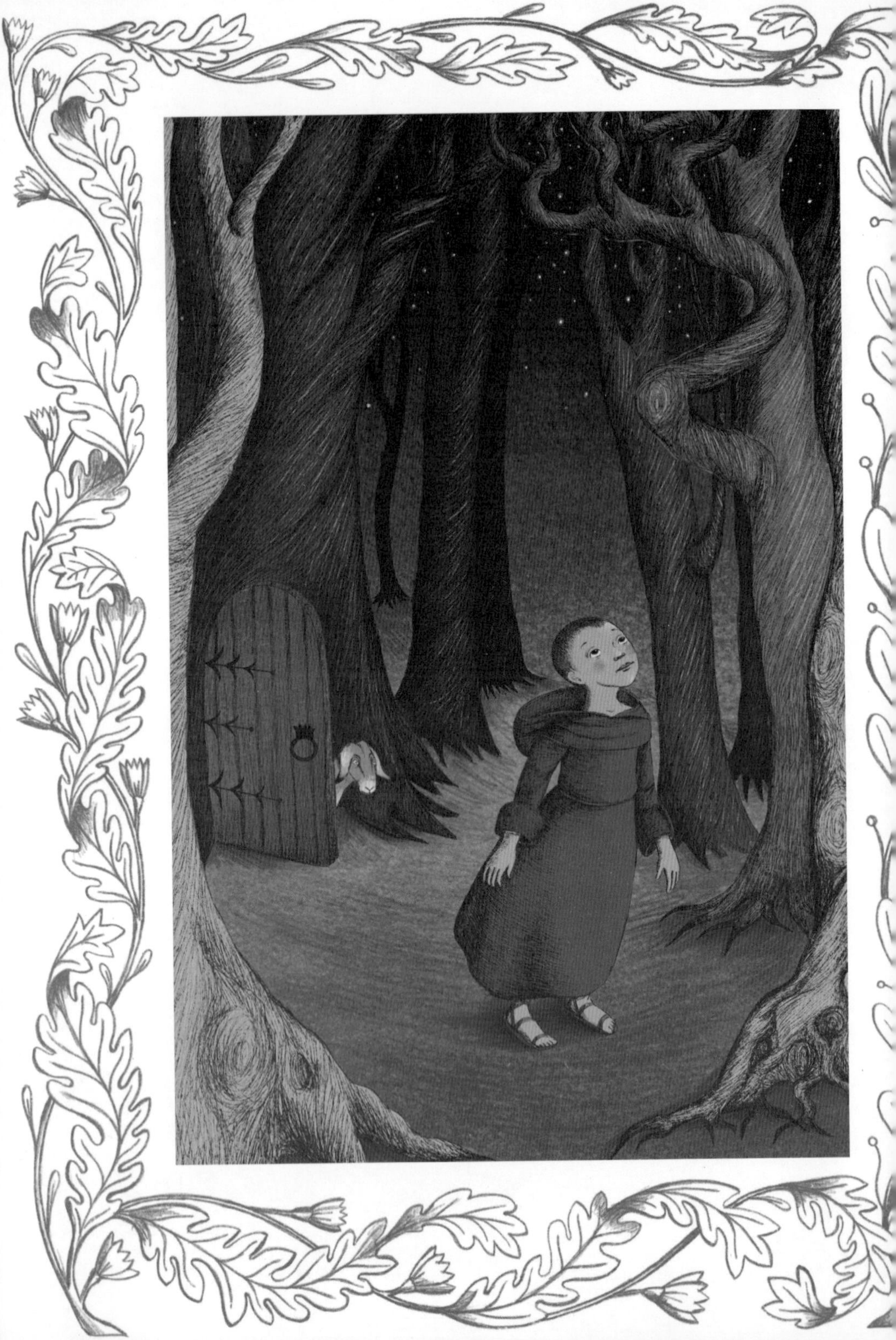

LIVRO QUARTO

Capítulo Trinta e Dois

O irmão Edik estava perdido.
É claro que estava perdido!

Como poderia estar qualquer coisa além de perdido?

Ele, que partira em busca de alguém sem nenhuma orientação além de um gesto mínimo: a mulher do estalajadeiro apontando com relutância, com rancor, na direção da floresta escura.

Ele, que afinal sempre se sentira tão perdido no mundo.

E a floresta escura era tão escura!

O irmão Edik sempre, sempre odiara o escuro. Via coisas escondidas nele – formas retorcidas, seres malignos.

Seu pai sabia como ele tinha medo.

Dissera à mãe do irmão Edik:

– O menino precisa aprender a não ter tanto medo. Não leve luz para ele. Nunca leve uma luz quando ele pedir. Deixe que fique gritando. Ele vai superar isso em pouco tempo.

Mas ele não superou. E cada iluminura que o irmão Edik pintava nas Crônicas do Desconsolo – cada sol nascente ou árvore iluminada ou letra brilhante – era uma celebração da beleza do mundo e também um desafio à escuridão que tanto o apavorara quando menino e que ainda o apavorava.

O irmão Edik tropeçou numa raiz de árvore. Endireitou-se e tropeçou de novo.

Ouviu seu pai rindo. Ouviu-o dizendo:

"Quem é você para achar que pode resgatar alguém? E por que, afinal, você está tentando achar a menina? Por causa de uma profecia que brotou da sua própria cabeça esquisita?"

– Não – o irmão Edik disse em voz alta. – Porque ela é Beatryce.

Beatryce.

Beatryce, que olhara para ele e prometera que escreveria a história da sua sereia.

Ele precisava encontrá-la.

Tinha que seguir em frente. De qualquer modo, não podia mais voltar. Não podia retornar ao monastério. Jamais seria recebido ali novamente.

De fato, não havia lugar nenhum para ele. O lar de sua infância não existia mais, e nunca tinha sido seu lar, mesmo quando criança.

Sua mãe lhe dissera muitas vezes:

"Não deixe seu pai zangado. Tente fazer o que ele diz. Tente ser quem ele quer que você seja."

Mas ele não soubera como fazer isso, não é?

Ainda não sabia como fazer isso.

Só sabia como ser ele mesmo.

E o lar não deveria ser o lugar onde deixam você ser você mesmo, onde amam você como você é?

Eram esses os pensamentos que rodopiavam na cabeça do irmão Edik quando um homem surgiu de repente à sua frente no caminho.

Dizer que havia um caminho é errado, claro.

Não havia caminhos na floresta escura.

Ela jamais abrigaria um caminho.

Basta dizer que, de repente, na floresta escura, havia um homem diante do irmão Edik.

O homem tinha barba. Havia uma faca presa entre seus dentes.

Ah, Beatryce, pensou o irmão Edik, *eu tentei. Tentei mesmo.*

Capítulo Trinta e Três

Dentro da árvore de Cannoc, Beatryce estava ouvindo Jack Dory lhe dizer por que ela não podia ir até o rei.

– Você vai acabar morrendo – disse Jack Dory.

– É insensatez – disse Jack Dory.

– É idiotice – disse Jack Dory.

Cannoc, no entanto, ficou em silêncio. Sentado de cabeça baixa, repousava as mãos nos joelhos.

– Você precisa falar para ela não ir, Cannoc – disse Jack Dory.

Cannoc levantou a cabeça e olhou para Beatryce.

– Você disse que é uma Abelard.

Beatryce confirmou com a cabeça.

– É uma família antiga e nobre – disse Cannoc –, uma família com muita história.

– Ora – disse Beatryce –, então quem melhor do que eu para exigir que o rei preste contas?

Jack Dory soltou o ar, exasperado.

"Ela tem uma força de vontade que pode ser perigosa", dissera um tutor uma vez à mãe dela.

"Sim", respondera a mãe.

"Devo então refreá-la?", perguntara o tutor.

Esse foi o seu primeiro tutor, um homem seboso, cujas palavras pareciam todas carregadas de ameaça.

"Não deve", dissera a mãe de Beatryce. "Ela precisará disso."

"É perigoso, para uma criança menina, ser tão determinada a fazer o que quer", dissera o tutor.

"Deixe que ela tenha sua perigosa força de vontade", respondera a mãe.

No fim, aquele tutor tinha ido embora do Castelo Abelard. Fora demitido pela mãe dela.

E então, muito tempo depois, viera o segundo tutor – o de cabelos cacheados. Trouxera consigo uma bolsa de maravilhas e todo dia tirava alguma coisa dela. A última coisa que ele havia retirado da bolsa era o cavalo-marinho.

Aquele tutor – o segundo, o último, o bom tutor – dissera à mãe dela:

"Beatryce tem uma mente bela e ágil. Não há nada que não desperte sua curiosidade, nada que ela não possa aprender."

A mãe concordou. E disse sorrindo:

"Ensine-lhe tudo o que puder. Deixe-a ser tão poderosa quanto puder ser. Deixe-a ser fiel àquilo que corre em suas veias."

– Beatryce? – chamou agora Jack Dory.

– Deixe a menina – disse Cannoc.

Beatryce estava olhando fixo para os olhos da cabra. A cabra olhava de volta.

Os olhos de Answelica brilhavam feito planetas estranhos, ensombrecidos.

Beatryce sabia sobre planetas.

O último tutor tinha uma lente especial que usava para observar as estrelas.

E certa manhã, bem cedo, quando ainda estava escuro, Beatryce estivera num campo, com o tutor ao seu lado e a lente especial em sua mão. O orvalho deixava a barra de seu vestido pesada. Seus pés estavam frios. Ela colocara a lente na frente do olho, como o tutor havia instruído, e avistara uma bola alaranjada brilhante flutuando no céu.

"O que é isso?", ela perguntou ao tutor.

"Isso é uma coisa que a maioria das pessoas nem sequer sabe que existe. Chama-se 'planeta'. É um outro mundo, longe de nós."

Beatryce ficara ali olhando – com os sapatos molhados, o peso do vestido umedecido pelo orvalho puxando-a para a terra, a lente mágica contra o olho, o tutor respirando ao seu lado – e fora como se alguém tivesse afastado uma cortina escura e pesada, revelando-lhe algo fascinante.

Naquele momento, ela entendera que o mundo – e o espaço além dele – estava cheio de muitíssimas maravilhas, tantas maravilhas que era impossível contar.

Lembrando-se daquilo, Beatryce sacudiu a cabeça. Segurou a orelha da cabra.

Olhou para Jack Dory e disse:

— Vou falar com o rei. Vou lhe entregar a espada. Ninguém vai me impedir.

A abelha zumbia em círculos ao redor da cabeça de Jack Dory. Jack Dory olhava para Beatryce sem desviar o rosto.

Lá estava aquele menino — vivo e olhando para ela.

Rowan estava morto. Asop estava morto. O tutor estava morto.

A mãe de Beatryce estava sabe-se lá onde.

Mas aquele menino estava vivo, sentado diante dela, e não conhecia a letra *E*.

"Estes planetas, estes outros mundos", dissera-lhe o tutor, naquela manhã em que ela olhara pela lente mágica. "Devem certamente ter habitantes, com suas próprias histórias. É só por ignorância que não achamos o caminho que leva a eles."

Beatryce olhou para as próprias mãos, para as manchas escuras no polegar e no indicador — a tinta.

Que mundo é este que agora habito, e como viverei nele?

Ela olhou para o rosto de Jack Dory, cheio de expectativa.

— Vou falar com o rei — ela disse. — Vou encontrar minha mãe. Ninguém vai me impedir. Mas, primeiro, vou ensinar as letras a Jack Dory. Vou ensiná-lo a ler.

Capítulo Trinta e Quatro

Cada letra tem uma forma — disse Beatryce. — E cada letra tem um som. E você junta essas formas e esses sons, e eles viram palavras. Entendeu?

— Sim — respondeu ele. Seu coração batia depressa. Ele não sabia, não compreendera o quanto queria aquilo: conhecer o segredo das letras, dos sons e das palavras.

Mas seu coração, batendo com força sob as costelas, agora lhe dizia.

Ele e Beatryce estavam debruçados juntos sobre um pergaminho. Answelica estava curvada acima deles, olhando para o pergaminho também.

Exalava um tremendo cheiro de cabra.

— Você está na minha frente — disse Jack Dory.

Ele deu um empurrãozinho na cabra.

Ela deu uma cabeçadinha na testa dele, empurrando-o de volta.

Cannoc tinha saído. Aonde tinha ido, eles não sabiam. Partira em alguma missão misteriosa que um homem que já fora rei e não era mais rei precisava cumprir.

— Começa com esta — disse Beatryce. — Esta é a letra *A* e é a primeira.

Ela desenhou a letra.

– *A* – ele repetiu, sorrindo.

– Existem vinte e seis letras ao todo – ela disse. – Você vai aprender cada uma delas e, quando conhecer todas, poderá misturá-las como quiser e então usá-las para formar as palavras do mundo e das coisas do mundo. Poderá escrever sobre tudo. Sobre o que existe e o que existiu e o que ainda pode existir.

Jack Dory fez que sim com a cabeça.

O interior da árvore de Cannoc era aconchegante. Havia o cheiro de cera de abelha queimando, e também, é claro, o cheiro de cabra. A abelha zumbia em volta da cabeça de Jack Dory – vovó Bibspeak ao seu lado, dizendo: "Aprenda, meu amado; aprenda tudo, luz do meu coração, rio da minha alma."

– *A* de *Abelard*. É o nome da minha família. *A* também é a primeira letra do nome *Answelica*.

A cabra soltou um balido de aprovação.

– A segunda das vinte e seis letras é o *B*. – Ela curvou a cabeça e desenhou a letra. – *B* é a primeira letra do meu nome: *Beatryce*. E depois vem o *C*.

– Que palavra começa com *C*? – perguntou Jack Dory.

– *Cannoc* – disse Beatryce.

– E quando vamos chegar às letras de Jack Dory?

– Em breve – disse Beatryce.

Ele ficou olhando as letras aparecerem uma por uma embaixo da mão dela e sentiu cada letra como uma porta sendo aberta dentro dele, uma porta que levava a uma sala iluminada.

– O mundo – disse Beatryce para Jack Dory – pode ser soletrado.

Capítulo Trinta e Cinco

Ela sonhou que estava de pé sobre um penhasco. Answelica estava ao seu lado. Elas estavam olhando para o mar.

O vento tinha gosto de sal; soprava os cabelos de Beatryce em volta de seu rosto.

Sua mão estava na cabeça de Answelica.

O mar era verde e depois azul, depois um azul mais intenso e depois verde de novo.

Ela ouviu alguém chamar seu nome.

Virou-se. Jack Dory estava vindo em sua direção. Ela sorriu para ele, então olhou de volta para o mar.

E agora Jack Dory estava ao seu lado, colado a ela. O ombro dele roçava no dela.

"Tem cavalos-marinhos no mar", disse Beatryce.

"Cavalos-marinhos?", perguntou Jack Dory.

"Sim", disse Beatryce, "cavalos do mar."

E com essas palavras o vento soprou mais forte, mais feroz. O mar mudou de verde para preto, então tombou para o lado e virou um corredor escuro, e Beatryce estava correndo pelo corredor – correndo para fugir e também na direção de algo.

Aonde ela estava indo?

Estava correndo para a sala da torre. Estava procurando sua mãe.

"Mãe!", ela gritou. "Mãe, por favor!"

Ela estava correndo por um corredor do Castelo Abelard. Mas o corredor era muito longo – mais longo do que jamais tinha sido. Não terminava nunca.

Ela correu sem parar, e então, de repente, estava na sala da torre, mas sua mãe não estava lá.

Havia um melro pousado na janela. Piscou seus olhos escuros, abriu seu bico preto e disse:

"Ele a levou."

Beatryce caiu de joelhos.

"Quem?", ela perguntou ao pássaro. "Para onde?"

Um vento frio atravessou a sala. O pássaro sumira e não havia mais nada em lugar algum. O mundo inteiro estava vazio.

"Por favor", ela implorou.

Então estava desperta, e Jack Dory estava olhando para ela.
– Você caiu no sono de novo – disse ele. – Sentada.

Beatryce balançou a cabeça. Sentiu o sonho dentro dela: o vazio terrível da sala da torre, o vento que a atravessava, o melro virando-se para olhar para ela com seus olhos escuros.

Ele a levou.

Onde estava sua mãe?

Answelica empurrou Jack Dory para o lado e ofereceu sua orelha a Beatryce, que a segurou.

– Quero minha mãe – disse Beatryce.

– Calma – disse Jack Dory. – Me diga o seu nome.

– Eu sou Beatryce de Abelard. – As palavras pareciam pesadas em sua boca.

– Diga outra vez – disse Jack Dory.

– Beatryce de Abelard. Sou Beatryce de Abelard.

– Sim – disse Jack Dory, segurando a mão dela. – Você é Beatryce de Abelard.

– Quero minha mãe. Quero o irmão Edik. Onde ele está?

– Não sei – disse Jack Dory.

Beatryce sentiu, de novo, o vento do sonho – um vento frio soprando através de uma sala vazia.

– Sentimos saudade de muita gente – ela disse.

Jack Dory concordou com a cabeça.

– Pois é – ele disse. – Muita gente mesmo.

Ele continuou segurando a mão dela, e Beatryce continuou segurando a orelha de Answelica, e eles ficaram assim sentados por um bom tempo.

Capítulo Trinta e Seis

E onde estava o irmão Edik?

Exatamente onde o deixamos: na floresta sem caminhos, cara a cara com um ladrão de barba preta.

E o que o irmão Edik estava fazendo?

Estava se lembrando das palavras de sua profecia.

Virá um dia uma criança menina que destronará um rei e provocará uma grande mudança.

As palavras apareceram diante dele, iluminando a escuridão ao seu redor.

O irmão Edik tinha certeza de que ia morrer.

Mas não tinha medo!

Ele, que tinha medo de tudo, agora não tinha medo.

– Está me vendo agora, pai? – perguntou em voz alta. – Finalmente não tenho medo!

Ele riu.

O homem barbudo tirou a faca dos dentes.

– Engraçado, é? – ele perguntou.

– É – disse o irmão Edik.

– Pare de rolar seu olho assim de um lado para o outro – disse o ladrão.

— Não consigo — disse o irmão Edik. Riu de novo.

— Ajoelhe-se — disse o ladrão.

O irmão Edik ajoelhou-se. Fechou os olhos e viu a escova de sereia, os cabelos cravejados de joias da sereia. Viu, por algum motivo, a mão de seu pai — pesada e coberta de cicatrizes de batalhas. Viu um campo de sabugueiros, com flores claras e brilhantes.

E então apareceu em sua mente a letra *B* numa iluminura.

B de *Beatryce*.

Viu o rosto dela.

Beatryce, que queria escrever a história da sereia.

Beatryce, que destronaria o rei.

E então uma imagem de Answelica surgiu diante dele.

Aquela cabra terrível, maravilhosa.

As orelhas dela brilhavam. Ele a achou bela.

Tudo era belo — a escova de sereia, as mãos de seu pai, os sabugueiros em flor, a letra *B*, Beatryce, a cabra.

Tudo o que via tinha contornos dourados, como iluminuras pintadas por ele mesmo para as Crônicas do Desconsolo.

— Pare de sorrir — disse o ladrão.

O irmão Edik fez que sim com a cabeça. Sim, sim. Ele tinha que parar de sorrir.

As palavras da profecia repassaram em sua mente.

Virá um dia.

Virá um dia uma criança menina.

Virá um dia uma criança menina que destronará um rei.

Virá um dia uma criança menina que destronará um rei e provocará uma grande mudança.

O irmão Edik estava contente porque essas palavras tinham vindo a ele.

Estava contente porque Beatryce tinha vindo a ele, e ele a salvara.

Quer dizer, ele e a cabra a salvaram.

Estava contente por ter feito parte da história.

Isso era suficiente?

Teria que ser.

Ele abriu os olhos e viu, na penumbra, a faca do ladrão acima de sua cabeça.

– Feche – disse o ladrão. – Não aguento esse único olho se revirando.

O irmão Edik sorriu. Fechou os olhos.

Então veio uma risada.

O irmão Edik se perguntou se era ele mesmo que estava rindo.

Será que tinha enlouquecido?

Bom, seu pai não ficaria surpreso.

Levou a mão à boca e tocou em seus lábios. Sua boca estava fechada: não era ele que estava rindo.

Mas, em algum lugar da floresta escura, havia uma risada. O riso ecoava. Continuava. Parecia se alastrar pelo mundo.

O irmão Edik ficou imóvel. Manteve os olhos fechados. Sentiu a marca do casco de Answelica em seu peito. Ardia de leve.

Ah, aquela cabra. Ele ia sentir saudade dela.

– Tome conta dela – sussurrou o irmão Edik para a cabra. – Proteja-a.

De repente, a risada parou e o único ruído era o roçar das folhas nas árvores.

O irmão Edik continuou de joelhos, ainda de olhos fechados.

Talvez estivesse morto e ainda não soubesse?

Uma mão pousou no ombro do irmão Edik – quente, sólida.

– Você é um monge da Ordem das Crônicas do Desconsolo, não é? – perguntou uma voz. – Creio que temos amigos em comum.

O irmão Edik abriu os olhos.

Estava tão escuro! Mas o irmão Edik viu que o ladrão de barba preta tinha sumido, e em seu lugar havia um homem de barba cinzenta comprida.

Esse homem estava sorrindo.

– Venha comigo – disse o homem, estendendo a mão. Então riu e repetiu: – Ah, vem comigo passear?

O irmão Edik segurou a mão dele e ficou em pé. Vivo.

Capítulo Trinta e Sete

Beatryce estava sentada com Jack Dory, mostrando-lhe as letras, quando Answelica se levantou de repente, derrubando a pena da mão da menina.

– É só Cannoc que voltou – disse Jack Dory para a cabra.

Cannoc se curvou e entrou na árvore pela portinha. Sua barba comprida entrou antes do corpo.

– Tem alguém com ele – sussurrou Jack Dory.

E então Cannoc estava parado diante dos dois, e atrás de Cannoc estava o irmão Edik. O monge ficou sorrindo para eles. Seu olho rebelde dançava na cabeça.

– Beatryce – ele disse.

Ela se jogou nos seus braços. Ele cheirava a lã, tinta e algo doce: melado.

– Beatryce – ele disse. – Eu estava procurando você.

Ela o abraçou com toda a força que tinha. Seus irmãos estavam mortos. Sua mãe estava desaparecida. Ela perdera tudo de sua vida anterior. Mas ali, inacreditavelmente, estava o irmão Edik – que a amava, que ela amava. Ela ficou abraçada nele por um tempo, enquanto Answelica, com suas pernas duras, fazia uma dancinha de alegria em volta dos dois.

Cannoc disse:

— O irmão Edik tinha sido detido por um dos ladrões da floresta. Encontrei-o bem a tempo e rapidamente resolvemos tudo. Nada é mais assustador para o mal do que a alegria.

— Irmão Edik — disse Beatryce, desgrudando-se dele. Segurou sua mão. Olhou bem nos seus olhos, no olho que era solene e expectante, no outro que dançava e rolava em sua cabeça. — Muita coisa aconteceu. Eu lembrei. Sei quem sou.

Ela respirou fundo. Não tirou os olhos dos dele.

— Sou Beatryce de Abelard e o rei mandou me matar. Ele matou meus irmãos e meu tutor. Não sei onde minha mãe está, nem se está viva.

O irmão Edik apertou a mão de Beatryce com força e ela endireitou o corpo.

— Pretendo ficar cara a cara com o rei. Vou exigir que ele me conte onde minha mãe está. Vou exigir que me preste contas.

Jack Dory limpou a garganta.

— Mas primeiro — ele disse —, antes de partir, Beatryce concordou em me ensinar a ler e escrever.

— Ah, Beatryce — disse o irmão Edik.

— Estou ensinando agora mesmo — ela disse.

O irmão Edik fez que sim com a cabeça. Disse:

– Há uma profecia escrita nas Crônicas do Desconsolo. – Ele falava muito devagar, com muito cuidado. – E essa profecia diz que virá um dia uma criança menina que destronará um rei e provocará uma grande mudança.

Beatryce sentiu o vento de seu sonho – frio e potente – soprar através dela.

– Muita coisa aconteceu – disse Cannoc. – Muita coisa ainda vai acontecer. Vamos nos sentar juntos. Vamos discutir.

Capítulo Trinta e Oito

E assim os quatro se sentaram.

Cinco, se contarmos a cabra.

E quem não contaria a cabra?

Beatryce pousou uma mão na cabeça de Answelica; com a outra, segurava-se no irmão Edik.

Eles estavam sentados no oco da grande árvore.

Estavam reunidos em volta da chama de uma vela, e a chama projetava suas sombras altas atrás deles. Havia momentos em que as sombras pareciam maiores, muito maiores do que eles próprios. E havia também momentos em que as sombras pareciam diminuir. Grandes, pequenas, grandes, pequenas – as cinco sombras se mexiam no tronco da árvore.

Beatryce contou ao irmão Edik tudo de que se lembrou – sobre seus irmãos, o tutor, o soldado, o cavalo-marinho caindo no chão.

– Então como você foi parar no monastério? – perguntou o irmão Edik.

– Não sei – ela disse, balançando a cabeça. – Não lembro.

O irmão Edik virou-se para Jack Dory.

– E você, Jack Dory, agora tem Beatryce como tutora.

– Sim – disse Jack Dory. – Quando ela não cai no sono, é minha tutora.

Ele sorriu. E então não conseguiu evitar: disse em voz alta as letras do alfabeto, uma após a outra, na ordem em que Beatryce lhe ensinara. Lembrava-se bem delas.

– Ele não sabia nada, irmão Edik – disse Beatryce. – As pessoas não sabem ler nem escrever.

– E essa profecia? – perguntou Cannoc. – Podemos falar disso agora?

As sombras dançavam na parede.

– É sobre Beatryce? A profecia? – perguntou Jack Dory. – Significa que ela vai mandar em todo o reino?

– Creio que nunca houve uma rainha – disse o irmão Edik.

– Talvez seja a hora – disse Cannoc. – Após tantos reis.

Beatryce ficou com a mão na cabeça de Answelica. A menina parecia incrivelmente pequena, além de estar careca. Não parecia, nem um pouco, alguém que poderia destronar um rei.

– Não quero ser rainha – disse Beatryce. – Só quero encontrar minha mãe, olhar nos olhos do rei e ouvi-lo dizer o que fez.

Ao lado de Beatryce, Answelica mantinha a cabeça erguida. Seus olhos estranhos brilhavam.

– Essa profecia menciona uma cabra? – perguntou Jack Dory.

– Não menciona uma cabra – disse o irmão Edik.

– Como a profecia pode ser verdadeira e correta sem mencionar a cabra? – questionou Jack Dory.

Cannoc deu risada e o irmão Edik sorriu.

Mas Beatryce olhou para eles e disse:

– A profecia é a prova. Preciso ir até o rei.

Ela tinha o queixo tenso. Em seu rosto havia um olhar que Jack Dory aprendera a reconhecer e recear.

– Algumas pessoas no mundo sempre conseguem o que querem – disse Jack Dory baixinho. Era o que a vovó Bibspeak teria dito, caso estivesse ali.

– O quê? – disse Beatryce. – O que você disse?

– Nada – disse Jack Dory.

Ela olhou feio para ele. A cabra, é claro, olhou feio para ele também. Era pavoroso e insuportável ter os olhos ferozes de ambas cravados nele ao mesmo tempo.

– É só que você prometeu que ia me ensinar a ler – disse Jack Dory.

– E além disso – disse o irmão Edik –, você me prometeu a história da minha sereia.

– Sim – disse ela. – É verdade. Prometi mesmo. Prometi ambas as coisas.

Capítulo Trinta e Nove

Era tarde da noite. Todos estavam dormindo dentro da árvore de Cannoc.

Mas Beatryce não conseguia dormir. Não conseguia se impedir de repassar na mente o que sabia e o que não sabia, o que eram sonhos e o que eram lembranças.

Por exemplo: ela não contara aos outros que tinha se lembrado do momento em que se levantara.

Depois que a sala ficou em silêncio, depois que o único som no mundo eram as batidas de seu próprio coração, ela havia se levantado e ido embora, deixando para trás seus irmãos e o tutor.

Quem ia querer admitir uma coisa dessas, admitir que abandonara pessoas amadas?

Mas ela tinha feito isso. Tinha se levantado e ido embora.

Também não lhes contara o que havia sonhado: o penhasco e o mar e seus cabelos compridos, e o vento em seu rosto e Answelica ao seu lado e Jack Dory vindo em sua direção – era um sonho com o futuro, ela tinha certeza.

Se a profecia era sobre ela, Beatryce precisava enfrentá-la.

Ela não queria ser rainha, mas precisava ir até o rei assim mesmo.

Precisava encontrar sua mãe.

No entanto, prometera ao irmão Edik que escreveria a história de sua sereia.

E havia também Jack Dory — seu rosto atento, radiante, enquanto ela lhe falava de cada letra e de como podiam ser combinadas para dar nome às coisas do mundo.

Ela também lhe fizera uma promessa.

Estendeu a mão e tocou na cabeça quente e ossuda de Answelica.

Os olhos da cabra se abriram e olharam fundo nos dela. Planetas. Outros mundos.

Beatryce lembrou-se outra vez de quando estava parada na escuridão matutina junto com o tutor, segurando a lente mágica e olhando para o planeta brilhante.

"Você acha que as pessoas neste outro mundo estão ali olhando para nós por uma lente mágica?", ela questionara. "Será que estão se perguntando sobre nós, enquanto estamos nos perguntando sobre elas?"

O tutor pôs a mão no ombro dela.

"Beatryce", ele dissera.

"Sim."

"Seu pai era um grande amigo meu. Acreditava muito no conhecimento e na aprendizagem."

Ela não desviou o olhar do planeta. Continuou com a lente apontada para o céu. Sentia sua mão tremer.

"Eu não conheci meu pai", dissera ela. "Ele morreu e não tenho lembrança alguma dele."

"Ele queria que você soubesse tudo o que é possível saber", dissera o tutor. "É seu direito de nascença."

"Quero aprender."

"Vou lhe ensinar tudo o que puder, tudo do que for capaz. Assim, se chegar um dia imprevisto, você estará pronta."

Mas ele não havia lhe ensinado tudo o que podia.

Tinha sido morto antes de fazer isso.

O rei mandara que o matassem.

E o dia tinha chegado, não tinha? O dia imprevisto havia chegado.

Ela tinha que estar pronta agora.

Na verdade, não havia tempo a perder.

Ela não podia cumprir as promessas que fizera. Pelo menos não podia cumpri-las agora.

Levantou-se e, na escuridão da árvore de Cannoc, a cabra se levantou também.

– Xiu – disse Beatryce. – Venha.

Juntas, ela e a cabra contornaram os vultos adormecidos de Cannoc, irmão Edik e Jack Dory. Passaram pela portinha e saíram para a imensa escuridão lá fora.

Beatryce ficou parada por um instante e olhou para cima. Viu as estrelas, centenas delas, milhares, e pensou ter visto um planeta – certamente havia um planeta ali em cima também – olhando direto para ela.

E então, sem aviso, as estrelas desapareceram e o mundo tornou-se escuridão total. Havia um cheiro enjoativo de mofo e sangue.

– Não dê um pio – disse uma voz. Ela foi puxada e a escuridão se apertou à sua volta.

Ela gritou?

Não gritou.

Sabia o que tinha acontecido.

Sabia quem tinha vindo buscá-la.

Capítulo Quarenta

A cabra estava parada bem em cima de Jack Dory. Soltava seu hálito quente no rosto dele.

Ela não disse nada. Não era capaz de dizer nada.

Era apenas uma cabra.

Mas ele acordou com seus olhos brilhantes olhando para ele, e foi quase como se ela tivesse falado.

"Você. Chegou a hora de usar aquela espada."

Jack Dory estendeu a mão e procurou a espada. Segurou o punho e levantou-se num pulo.

Ficou ali, ofegante, empunhando a espada à sua frente. Olhou para a escuridão em volta. Irmão Edik. Cannoc. Answelica.

Mas nada de Beatryce. Seu coração batia depressa, ribombando nas paredes de seu peito.

– Beatryce! – ele gritou.

A cabra deu uma cabeçadinha nas pernas dele, empurrando-o para a frente.

Ele se curvou, passou pela porta e saiu para o mundo, onde as estrelas cintilavam com seu brilho magnífico e indiferente.

— Beatryce! — gritou Jack Dory de novo.

Ele ouviu o roçar de folhas, o som de galhos se quebrando.

A cabra deu outra cabeçadinha em sua perna direita. Olhou para ele com olhos desesperados. Answelica sabia o que tinha acontecido, mas não era capaz de dizer.

O irmão Edik saiu pela porta da árvore. Cannoc veio atrás.

Os dois homens eram apenas sombras na escuridão, sob as estrelas brilhantes. Todos eles eram apenas sombras.

— Ela sumiu — disse Jack Dory. Achou que ia chorar. Sentia em suas mãos a espada fria. Inútil.

Cannoc pôs a mão no ombro de Jack Dory.

— Vamos encontrá-la — ele disse.

— Nós três vamos encontrá-la — disse o irmão Edik.

Answelica soltou um grunhido engasgado.

— Nós quatro — disse Cannoc. — Nós quatro vamos encontrá-la.

Jack Dory ficou ali segurando a espada. Era um objeto pesado. Seu coração também pesava. Era um coração abarrotado demais, pensou ele. Carregava as letras do alfabeto, esperando para serem transformadas em palavras. Carregava a vovó Bibspeak e os pais dele e Beatryce.

Quantas coisas podiam caber num coração?

A abelha zumbia sobre sua cabeça.

Ele olhou para Answelica. Os olhos da cabra falaram com ele. Disseram: "Agora. Depressa. Não há tempo a perder. Temos que ir para o castelo do rei."

A cabra.

A cabra estava no coração dele também. Aparentemente, cabia uma quantidade incontável de coisas num coração: letras, pessoas, cabras e abelhas.

Aparentemente, não havia limite para o que ele podia conter.

Jack Dory levantou a espada.

A lâmina fulgurava à luz das estrelas indiferentes.

– Temos que ir agora – disse Jack Dory para os outros.

E então repetiu o que a cabra lhe dissera, o que ele sabia que era verdade:

– Não há tempo a perder. Temos que ir para o castelo do rei.

Capítulo Quarenta e Um

Ela estava no lombo de um cavalo, embrulhada em um pano áspero com um cheiro terrível – um cobertor ou uma capa.

A pessoa que a capturara, quem quer que fosse, não dizia nada. Havia um som de respiração. As batidas dos cascos de um cavalo. O tinido de esporas. Mas não havia palavras, e Beatryce se deu conta de que aquela era a quarta escuridão.

A primeira escuridão tinha sido quando ela estava deitada embaixo dos corpos de seus irmãos.

A segunda escuridão, quando ela foi parar no monastério e acordou no celeiro, segurando a orelha de Answelica, sem se lembrar de nada do que acontecera antes.

A terceira escuridão fora quando ficou sentada no chão da estalagem, ouvindo a confissão do soldado.

Cada uma dessas vezes, ela encontrara o caminho da luz – com a ajuda de uma cabra, de um monge, de um menino.

Mas e agora? E desta vez?

Em sua bolsa de maravilhas, o tutor tinha um livro. As páginas eram lisas e brilhantes, presas por uma costura complicada e elegante que nem aparecia. As palavras do livro eram impressas em letras uniformes, regulares, e cada página era cheia de ilustrações deslumbrantes.

O livro contava a história de um lobo que, na verdade, era um rei.

O rei tinha sido amaldiçoado por uma bruxa e transformado em lobo, e percorria o mundo com a coroa na cabeça, enterrada sob seus pelos grossos de lobo. Ninguém enxergava a coroa, por isso ninguém acreditava que ele era o rei.

No livro, havia um desenho do céu noturno, preto-azulado, e no céu havia uma lua deitada de lado, olhando para o lobo lá embaixo com tristeza e fascínio.

Somente a lua sabia quem o lobo era de verdade.

Até que chegou uma garotinha.

A garotinha enxergou o brilho da coroa por baixo dos pelos.

– Estou vendo sua coroa – ela disse para o lobo.

E com essas palavras, o lobo se transformou parcialmente diante dela. Tornou-se rei e lobo, meio a meio.

Quanto mais a menina acreditava no rei que havia dentro dele, mais o rei aparecia.

Mas se ela parava de acreditar, o rei desaparecia e não restava nada além de um lobo – com garras afiadas e dentes compridos, e furioso porque ninguém via quem ele realmente era.

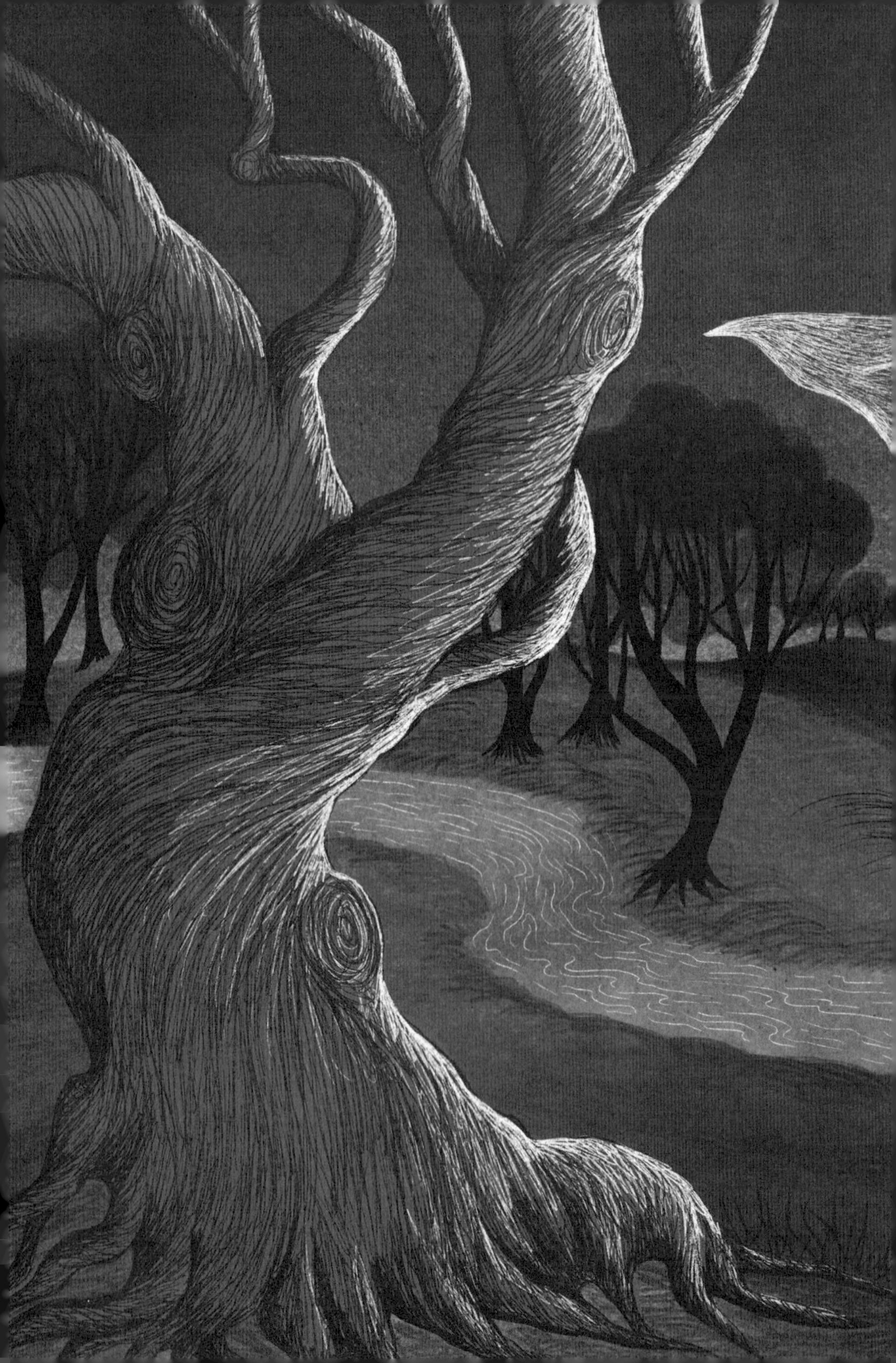

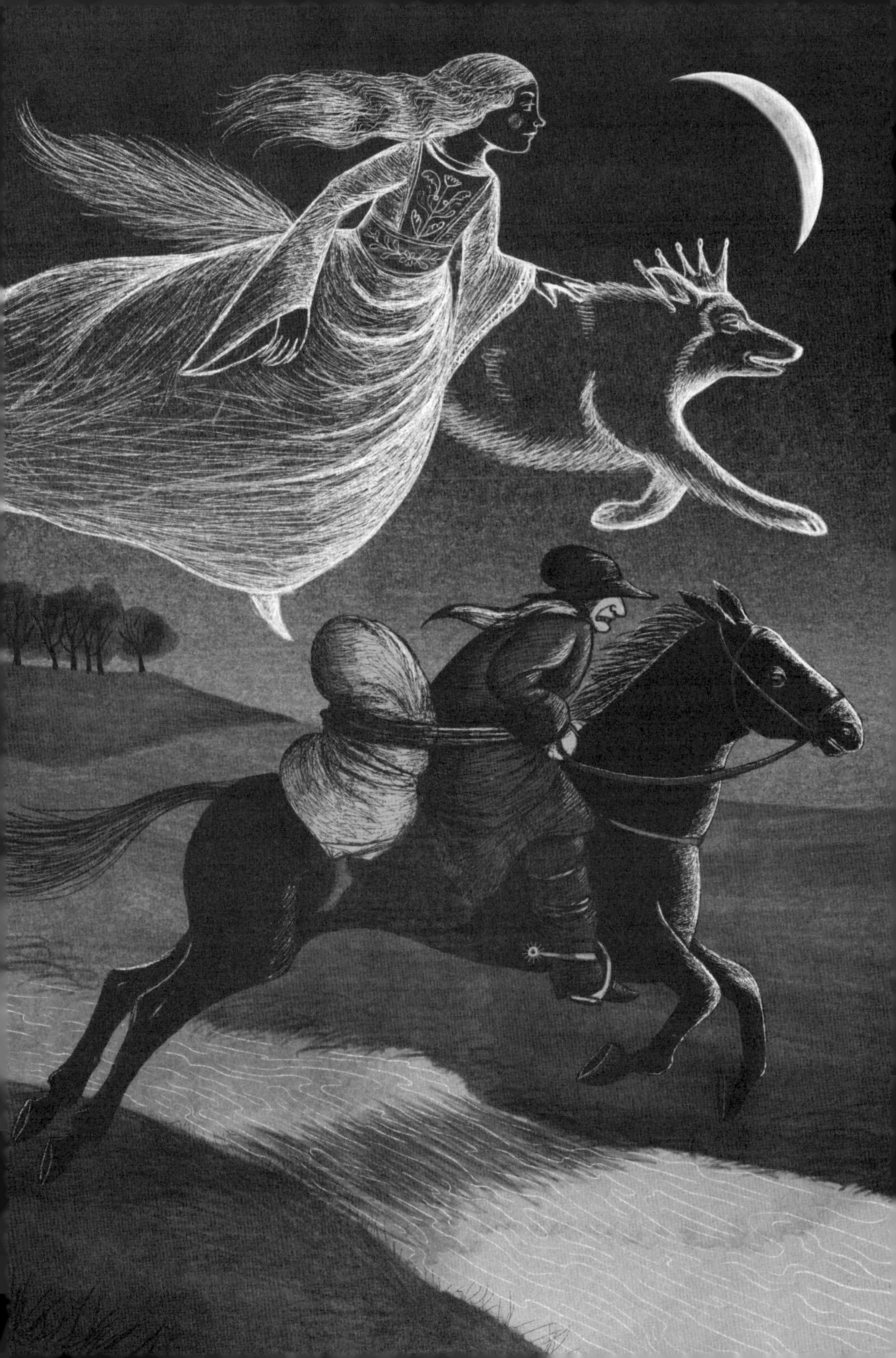

A menina disse para ele:

— Estou cansada de ter que acreditar em você para você existir. Dá muito trabalho. Você mesmo tem que acreditar que é o rei.

Após dizer essas palavras, a menina foi embora e o lobo ficou sentado sozinho sob o céu preto-azulado, com a lua olhando para ele – estudando-o, sentindo pena dele.

Mas aos poucos, aos pouquinhos, o lobo foi acreditando e se tornando o rei que era. Transformou-se por inteiro, exceto a pata esquerda. Essa parte – a pata – ele parecia não conseguir desfazer, tornar humana de novo. A magia que a bruxa tinha colocado ali não podia ser desmanchada. Mas, de resto, ele era um rei e não um lobo, e permaneceu assim.

Depois de muitos anos, a menina foi de novo até o rei. Era uma mulher adulta e lhe disse:

— Você acreditou em quem é.

— Acreditei – respondeu o rei.

E então eles foram rei e rainha juntos. Reinaram lado a lado.

Somente eles dois sabiam que uma das mãos do rei era, na verdade, a pata de uma criatura selvagem.

Eles sabiam e a lua sabia.

E quem lesse a história também sabia.

O livro terminava com palavras ditas pela sábia rainha. As palavras eram: "No final, todos nós acharemos o nosso lugar. No final, todos nós chegaremos ao lar."

No lombo do cavalo, embrulhada naquele pano fedido, Beatryce lembrou-se das palavras no fim do livro, e lembrou-se também de quando as escrevera diante dos monges no monastério.

Mesmo quando não fora capaz de recordar absolutamente nada sobre quem era, Beatryce se lembrara daquelas palavras da história.

Por quê?

Talvez porque tinha amado tanto aquele livro – a textura das páginas em suas mãos, as ilustrações em cores fortes, as palavras impressas em letras uniformes.

Quando terminara de ler o livro, Beatryce dissera ao tutor que queria outro igual àquele. Outro livro cheio de transformações e descobertas, lobos e luas, maldições e reviravoltas.

O tutor dissera:

"Não existe nenhum outro livro que conte histórias, Beatryce. Este é o único que já vi e conheço."

"Por que não existem livros assim?", ela perguntou.

"Não são permitidos."

"Por que não são permitidos?"

"Há muitas coisas que não são permitidas, Beatryce", disse ele. "Essa é uma conversa para outro dia."

Agora ela pensava no lobo.

Pensava na lua no céu, observando o lobo e esperando ele acreditar em quem era. Será que as estrelas estavam olhando para ela? E os planetas? Será que estavam esperando ela acreditar em quem era?

E quem era ela, afinal?

Não era uma rainha. Isso ela sabia. Reinar não era seu destino.

Então qual era seu destino?

Beatryce pensou na menina que tinha visto quem o lobo era de verdade.

Pensou em como é maravilhoso os outros saberem – e amarem – quem você é.

De repente, teve vontade de dizer à pessoa que a tinha capturado, que a embrulhara num pano fedorento e a colocara no lombo de um cavalo, que ela era amada. E que aqueles que a amavam – um monge com um olho rebelde, um homem que já tinha sido rei, um menino que conhecia as letras, uma cabra com uma cabeça dura feito pedra – viriam procurá-la.

Pensar na cabeça de Answelica, e no estrago que era capaz de causar, deixou Beatryce consideravelmente mais animada.

Aquela cabra era capaz de qualquer coisa.

Aquela cabra daria um jeito de encontrá-la.

Todos eles a encontrariam – o irmão Edik, Jack Dory e Cannoc.

O que significa saber que há pessoas que virão à sua procura?

Significa tudo.

No final, todos nós acharemos o nosso lugar.

No final, todos nós chegaremos ao lar.

Capítulo Quarenta e Dois

Ela estava certa.

Eles foram à procura dela.

Partiram ao amanhecer, com Jack Dory segurando a espada.

Ele quisera partir no meio da noite, mas Cannoc lhe dissera:

– Se você vai carregar essa coisa, então precisa saber usá-la.

– Sim – disse Jack Dory. – E quem vai me ensinar?

– Eu – disse Cannoc. – Farei isso agora. Já fui um guerreiro e já carreguei uma espada. Deixei minhas armas e minha armadura, mas posso instruí-lo.

Seria bom poder dizer que Jack Dory se esforçou para aprender o que Cannoc lhe ensinou.

Mas, ora, não foi isso que aconteceu.

Jack Dory não fez esforço algum.

Aprendeu a lutar com uma espada com a mesma facilidade que aprendia qualquer outra coisa.

Cannoc lhe mostrou e ele aprendeu, e a espada, com sua história terrível, não parecia pesada nas mãos de Jack Dory. Ele descobriu que, se fizesse os movimentos ensinados por

Cannoc – velozes, furiosos, certeiros e sem remorso –, a espada dava um assobio agudo quando cortava o ar, quase como se estivesse cantando.

Jack Dory, com a espada nas mãos, pensou que agora gostaria de dar de cara com aquele ladrão de barba preta que tinha matado seus pais.

Também pensou que gostaria de encontrar a pessoa que levara Beatryce.

Sim, Jack Dory e sua espada gostariam de encontrar todos eles.

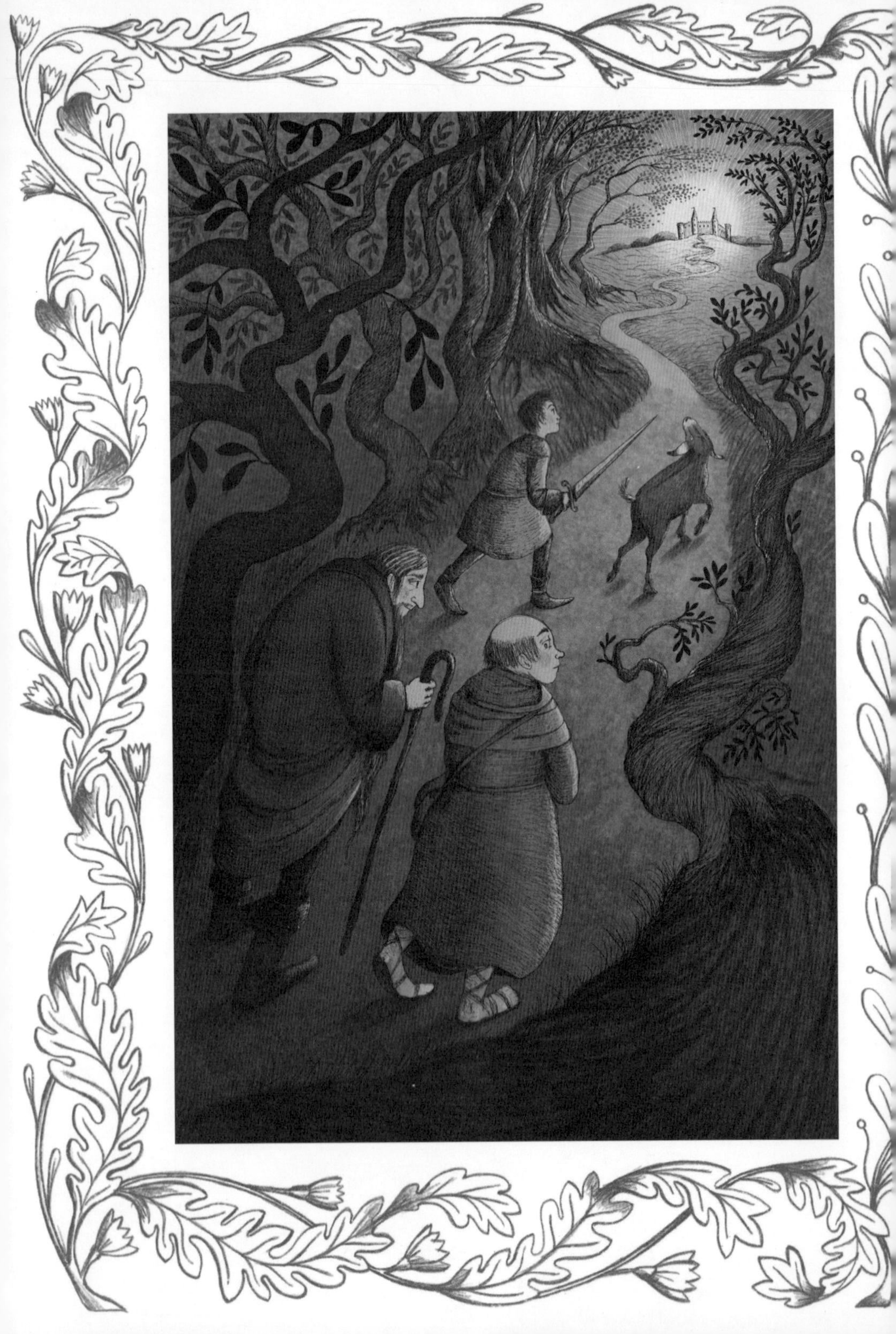

LIVRO QUINTO

Capítulo Quarenta e Três

O que significa coragem?

Essa era uma pergunta que o irmão Edik fazia a si mesmo enquanto caminhava pela floresta escura com Jack Dory, Cannoc e Answelica.

Coragem é não virar as costas.

Coragem é seguir em frente.

Coragem é amar.

O irmão Edik não ia virar as costas. Ia seguir em frente.

E ele amava. Isso o irmão Edik era capaz de fazer – e fazia – melhor do que tudo.

Mesmo assim, não conseguia se impedir de tremer.

E não conseguia impedir que as palavras da profecia se revirassem em sua mente:

Uma criança menina
destronará um rei
uma grande mudança:

Para ele, era profundamente perturbador e profundamente comovente descobrir que essas palavras suas eram verdadeiras.

Cannoc andava ao lado do irmão Edik; à frente deles ia Jack Dory – com a espada nas mãos e a cabra ao lado.

O irmão Edik achava possível que Answelica fosse ainda mais perigosa do que a espada.

Era reconfortante ter aquela cabra andando na frente.

Se alguém tivesse dito ao irmão Edik, alguns dias antes, que ele estaria andando pela floresta atrás de uma cabra demoníaca, que estaria seguindo um menino com uma espada, que estaria caminhando ao lado de um homem que já tinha sido rei, o irmão Edik não teria acreditado em nada daquilo.

Onde está a profecia para tudo isto?, perguntou-se o irmão Edik.

Ele pôs a mão no bolso da túnica e encontrou as balas de melado. Tinha se esquecido de dar a Beatryce. Pegou uma bala em formato de folha e pensou: *Beatryce, estamos indo buscar você. Estou levando uma coisa doce. E, em troca, você tem que me contar a história da sereia. Tem que ensinar Jack Dory a ler.*

Você prometeu, Beatryce.

E eu prometo: estamos indo buscar você.

Ele enviou essa mensagem para ela por cima das árvores da floresta escura, cruzando os campos floridos de sabugueiros e subindo ao céu que se iluminava. Enviou a mensagem até o castelo do rei.

Beatryce, estamos indo buscar você.

Capítulo Quarenta e Quatro

Ela estava dentro de uma cela, numa masmorra.

Não estava mais embrulhada no pano, mas era como se estivesse, tão escura era a cela.

Sua cabeça coçava. Antes de todos eles irem dormir na árvore de Cannoc, o irmão Edik tinha dito que era porque os cabelos dela estavam crescendo de volta. Seriam essas as últimas palavras que o irmão Edik lhe dissera? E, se eram, por que não podiam ter sido palavras mais importantes?

De repente, ela se lembrou de ter estado na sala da torre.

Sua mãe estava na roca de fiar, e Beatryce estava aos seus pés, debruçada sobre o livro do tutor, com a história do rei transformado em lobo. Estava lendo a história para a mãe, e a mãe aprovava com gestos da cabeça, sorrindo e fiando.

A salinha estava cheia de luz.

"É muito boa, Beatryce", disse a mãe. "É uma boa história, e você lê maravilhosamente bem. Mas lembre-se: se alguém fora desta casa algum dia lhe perguntar se você sabe ler ou escrever, você deve dizer que não. Nunca deve admitir o que sabe fazer. Pode muito bem chegar o dia em que as coisas sejam diferentes e então você poderá assumir suas capacidades. Mas, por enquanto, precisamos tomar cuidado. Você entende?"

"Sim", dissera Beatryce.

Embora, na verdade, não tivesse entendido.

Mas sua mãe entendera. Sua mãe soubera.

A mãe dela.

Onde estava?

O sonho com o corredor comprido e a sala vazia na torre e o melro empoleirado na janela passou por ela.

Ele a levou.

– Não pense nisso – ela disse em voz alta para si mesma.

Pensar em quê, então?

Em Answelica. Na cabeça de pedra dela. Em seus olhos, que eram como planetas. Em seu grande amor ferrenho.

Com certeza a cabra estava a caminho. Sem dúvida todos estavam a caminho para encontrá-la.

Beatryce abraçou as pernas para se aquecer. Fazia frio, muito frio.

Era como se a escuridão estivesse tentando engoli-la.

Não podia permitir que isso acontecesse. Precisava continuar sendo ela mesma.

"Você me prometeu a história da minha sereia", dissera o irmão Edik.

– Muito bem, irmão Edik – ela disse em voz alta. – Vou contar a história da sereia.

E então ela voltou às palavras que escrevera naquela outra escuridão, na escuridão do quarto do soldado na estalagem.

Era uma vez uma sereia.

– Era uma vez uma sereia.

Essas foram as palavras que Beatryce de Abelard disse a si mesma na masmorra, no castelo do rei.

Deixou as palavras da história se erguerem dentro dela, como se já estivessem escritas nas páginas de um livro. Fez de conta que estava lendo as palavras em voz alta, contando a história a uma pessoa amada, numa sala cheia de luz.

Era uma vez uma sereia.

Capítulo Quarenta e Cinco

Já era quase meio-dia quando eles depararam com o ladrão de barba preta.

Ele pulou de cima de uma árvore e caiu na frente de Jack Dory. Tinha a faca entre os dentes.

– Vou levar essa sua espada bonita – ele disse.

Porém, mal essas palavras tinham saído de seus lábios, Answelica abaixou a cabeça e mandou o ladrão pelos ares, com uma cabeçada tão forte que a faca caiu de sua boca e saiu voando também.

Quando o ladrão aterrissou, a cabra ficou postada ao lado. Mostrou-lhe seus dentes terríveis. Mordeu o braço dele. E então dançou, trocando os cascos, esperando o homem se levantar para poder mandá-lo outra vez pelos ares.

Jack Dory teria dado risada disso tudo, mas não havia nenhum motivo para rir.

Ele conhecia aquele homem.

Era ele que tinha matado seus pais. Quantas vezes havia sonhado com aquela barba preta e aquela faca brilhante? Quantas vezes desejara ficar cara a cara com o homem e exercer sua vingança?

Jack Dory parou ao lado da cabra dançante e encostou a ponta de sua espada na garganta do homem.

— Não faça isso — veio a voz de Cannoc.

— Este aqui — disse Jack Dory. Sua voz tremia. — Foi ele que matou minha mãe e meu pai. Vejo este homem toda noite em meus sonhos, e agora vou matá-lo e não o verei mais.

— Matá-lo não vai expulsá-lo dos seus sonhos — disse Cannoc. — Isso eu posso lhe garantir. Pense em quem você é, Jack Dory.

— Estou pensando — disse Jack Dory. — Estou pensando nisso, com toda a certeza.

Seu coração palpitava. A cabra dançava. Jack Dory mantinha a ponta da espada no pescoço do homem.

Cannoc se debruçou e pegou a faca do ladrão. Estendeu-a para que Jack Dory visse.

— Eis a faca do homem — disse Cannoc. — Ele não é nada sem ela.

Jack Dory olhou para a faca, então de volta para o rosto do ladrão. Pressionou a ponta da espada com mais força contra a garganta do homem.

Answelica soltou um gemido agudo e impaciente. Trocou o peso de um casco para o outro. Exibiu seus dentes terríveis.

"Ora, vamos", ela parecia dizer. "Não há tempo a perder com vinganças. Precisamos encontrar Beatryce."

Jack Dory se perguntou quando é que havia começado a ouvir o que a cabra estava pensando.

Era incômodo ter pensamentos de cabra na cabeça.

Mais uma vez, ele pressionou a ponta da espada. O mundo diminuiu até se tornar somente Jack Dory e a espada e o pescoço do ladrão.

— Faça isso de uma vez — disse o ladrão entre os dentes cerrados. — Não me importo.

Jack Dory desviou o olhar do homem. Inclinou a cabeça para trás. Lá em cima no céu, além das árvores, além da floresta escura e do ladrão e da espada e da cabra e da faca, o sol brilhava.

Jack Dory manteve a espada onde estava. Sentiu o sol aquecendo seu rosto. A abelha zumbia ao redor de sua cabeça.

Mexendo um pouquinho os dedos, ele podia sentir a letra gravada no punho da espada. Era um *E*. Antes não soubera disso, e agora sabia.

A letra *E*.

Letras.

Letras que formavam palavras. Palavras que escreviam histórias. Histórias que contavam o que tinha acontecido, o que ainda ia acontecer.

A abelha zumbiu mais forte.

Abelha, que começava com a letra *A*. E depois? Que letras vinham depois?

– Como se escreve a palavra *abelha*? – perguntou Jack Dory, com o rosto ainda virado para o sol.

– O quê? – disse o ladrão.

– Começa com a letra *A* – disse o irmão Edik.

– Sim – disse Jack Dory. – Isso eu sei. E depois?

– Depois do *A* vem um *B* e depois um *E* – disse o irmão Edik. Sua voz era calma, segura.

– A-B-E... é isso? – perguntou Jack Dory.

– Isso é o começo. O resto você aprende depois – disse o irmão Edik.

Answelica soltou outro gemido de impaciência.

– As letras são combinadas para formar palavras – disse Jack Dory –, e as palavras dão nome às coisas do mundo.

– Sim – disse o irmão Edik.

Jack Dory fechou e abriu os olhos de novo. Abaixou a cabeça e olhou para o ladrão.

– Você matou meus pais – disse Jack Dory.

– Se você diz – disse o homem. Sorriu.

– Fique de pé – ordenou Jack Dory.

O ladrão levantou-se devagar. Jack Dory manteve a espada no pescoço dele o tempo todo.

– Você não é nada – disse Jack Dory. – Você é só alguém que vem para levar coisas.

O soldado deu um sorrisinho.

– É isso mesmo. Não fui eu que levei o soldado até a sua amiguinha?

Ao lado de Jack Dory, a cabra ficou tensa, completamente imóvel.

– Um soldado do rei? – perguntou Jack Dory.

– Quem mais? – disse o ladrão.

"Esqueça esse homem, rapaz", Jack Dory ouviu Answelica dizer. "É aquilo que eu falei. Só o que importa agora é conseguirmos encontrá-la."

Jack Dory cuspiu aos pés do homem. Disse:

– Para mim, não faz diferença você estar vivo ou morto. Diferença alguma.

Ele abaixou a espada. Seu braço doía de ficar empunhando-a diante de si.

Cannoc entregou a Jack Dory a faca do ladrão.

– Vamos – ele disse.

"Agora!", a cabra pareceu dizer.

Jack Dory guardou a faca em seu cinto. Virou as costas para o ladrão e saiu andando.

O menino seguiu a cabra.

Cannoc e o irmão Edik seguiram o menino.

E uma abelha zumbia alegremente, com ares de aprovação, em volta da cabeça de Jack Dory enquanto ele seguia em frente, para longe.

Capítulo Quarenta e Seis

Um homem veio até Beatryce na masmorra. Carregava uma vela acesa e vestia uma capa preta. Cheirava a cravo e óleo rançoso.

– Sou o conselheiro do rei – disse ele. – Ordeno que se levante.

Beatryce levantou-se devagar. Estava contente, muito contente, de ver a vela, de ver aquele pouquinho de luz.

– Então – disse o conselheiro. – Eis, por fim, Beatryce. Beatryce de Abelard.

– Sim – disse ela.

– Aquela de quem falam as profecias.

– Sim – ela disse de novo, endireitando o corpo.

– Está orgulhosa, é? – disse o conselheiro. – Profecias nada significam, minha jovem. Não passam de adereços brilhantes, distrações coloridas, palavras bonitas usadas para manipular os reis e consolar os tolos.

A voz do homem parecia familiar a Beatryce. Por quê?

O conselheiro segurava a vela iluminando o rosto dela e não o seu próprio.

– Quem é você? – ela perguntou. Agarrou-se nas barras da cela e tentou ver o rosto do conselheiro.

— Ah. Vejo que você está se lembrando. Está se recordando. Sim. Tudo voltará à sua memória, sem dúvida. Enquanto isso, e se eu lhe contasse uma história?

Ela não disse nada.

— A história começa assim: era uma vez um homem culto, que um belo dia chegou a um castelo erguido à beira de um mar. O homem fora chamado ao castelo para ser tutor dos três filhos de um nobre. O nobre morrera lutando em alguma guerra, por alguma causa qualquer. Sabe-se lá qual era.

"Então. O homem culto chegou ao castelo para ensinar os filhos desse homem. E imagine a surpresa que teve ao descobrir que o filho mais velho dos três era uma menina, e que ele deveria ser tutor dela também.

'Não posso ensinar uma menina', disse o homem culto. 'É contra a lei.'

'Desejo que ela seja educada', disse a mulher nobre. 'E o pai dela concordava com o meu desejo.'

"Bem, o homem culto ficou tão enfeitiçado com a beleza e os encantos dessa mulher, que fez o que ela pediu. Violou a lei. Ensinou a menina a ler e a escrever. Ela aprendeu muito depressa."

— Não conte mais nada — disse Beatryce. — Não quero ouvir.

– Você vai escutar o que lhe digo, Beatryce de Abelard. Vai escutar tudo. Então. O homem culto se apaixonou pela esposa do nobre. Ofereceu-se a ela. Mas ela não queria aceitar o amor dele.

"Ora, essa mulher tinha na cabeça a ideia absurda de que, um dia, seus filhos talvez governassem o reino... sim, que até sua filha poderia chegar a uma posição de poder. Ela disse isso ao homem culto e ele riu. Provavelmente ela imaginou que, porque ele não era de berço nobre, jamais entenderia os deveres da linhagem e do poder. Ela o despediu. Ele foi embora do Castelo Abelard."

O conselheiro agora segurou a vela bem perto de seu próprio rosto, para que ela pudesse vê-lo. Ele sorriu.

– Sim – disse. – Você já me conhece, Beatryce. Você me conhece bem. Sou aquele que ensinou você a ler. Sou aquele que foi mandado embora. Mas não importa. No fim, até deu certo. Apesar de eu não ser de berço nobre, encontrei um caminho para o poder.

"Sou um fazedor de destinos. Fiz um rei. Esse rei não era ninguém. Você sabe quantos filhos mais jovens de filhos mais jovens existem no mundo? Mas eu fiz a profecia se realizar. Fiz com que ele se tornasse rei, e agora eu o controlo, o que significa que controlo tudo. Você entende?"

Ela entendia, sim. E estava apavorada. Mas ficou ereta e firme e disse:

— Eu gostaria de ver esse rei.

O conselheiro riu, e a lufada repentina de ar que saiu de sua boca fez a chama da vela tremular.

— Você gostaria de ver o rei.

— Sim – disse Beatryce.

— E a sua mãe? Gostaria de vê-la também?

Beatryce sentiu seu coração cair até os pés. O corredor comprido surgiu em sua mente, depois a sala vazia na torre e o melro virando-se para ela e dizendo: "Ele a levou."

— Onde ela está? – ela sussurrou. – Onde está minha mãe?

— Tudo a seu tempo, Beatryce. Primeiro vou ter uma palavrinha com o rei. Vou comunicar que você chegou sã e salva. Ele estava à sua espera.

O conselheiro soprou a vela e a escuridão voltou, com força total.

— Veja como as coisas são – ele disse. – Veja quem é que manda aqui. Não é você. Não é mais você. Nem a sua mãe.

Capítulo Quarenta e Sete

Ele a levou.

— Mas para onde? — ela perguntou em voz alta. — Para onde ele a levou? Onde ela está?

Seu coração batia muito rápido. A profecia era verdade? Era sobre ela, afinal? Será que não passava de palavras bonitas?

Ela não podia pensar mais nisso, em nada disso, senão enlouqueceria.

Era uma vez uma sereia.

A história. Era isso que ela precisava fazer. Precisava escrever a história. Mas não conseguia escrevê-la. Não havia nada com que escrever, e estava escuro demais para escrever, de qualquer modo.

Ela ficou sentada no chão da masmorra, com as mãos no colo e a escuridão à sua volta, e pensou: *Vou contar esta história assim mesmo. Ninguém pode me impedir de contar esta história.*

Era uma vez uma sereia e, aonde quer que ela fosse, era acompanhada por cavalos-marinhos.

Os cavalos-marinhos penteavam os longos cabelos da sereia. Sussurravam histórias de cavalo-marinho em seus ouvidos e cantavam canções de cavalo-marinho com voz aguda de cavalo-marinho. As histórias eram estranhas e as canções eram estranhas, mas agradavam à sereia. Ela nadava pelo mar, acompanhada por cavalos-marinhos, e jamais ficava sozinha.

– Não vá muito longe – dizia a mãe da sereia. – Ouça os conselhos dos cavalos-marinhos. E se for acima da superfície da água, não fique ali por muito tempo.

– Sim – dizia a sereia. – Prometo.

Porém, às vezes, embora os cavalos-marinhos aconselhassem enfaticamente que ela não fizesse isso, a sereia saía da água e ficava muito tempo sentada em uma pedra enorme. Ficava observando o céu.

Ela gostava de fazer isso principalmente ao fim do dia, quando a pedra ainda estava quente e ela podia assistir ao pôr do sol e ao surgimento das estrelas.

Os cavalos-marinhos ficavam na água. Não gostavam daquilo. Nadavam em volta da pedra, murmurando suas advertências sombrias e, de vez em quando, cantando em coro.

Havia um cavalo-marinho velho, que perdera um olho em alguma guerra de cavalos-marinhos, muito tempo antes. Seu nome era Morelich e sua voz era a mais forte de todas.

— Muito errado — ele dizia. — Perigosíssimo. Desça, desça daí. Volte para a água. Volte.

A sereia o ignorava. Ignorava todos eles. Olhava para o céu e depois para seu rabo, que brilhava esplendorosamente na luz.

Seu rabo tinha escamas, é claro, como qualquer rabo de sereia.

Mas o rabo dessa sereia também era diferente. Era cravejado de joias — safiras e pérolas, rubis e diamantes — e, por causa disso, quando a sereia estava sentada na pedra, emitia um brilho tão forte que fazia parecer que tudo à sua volta estava ardendo em chamas.

Qual era o nome da sereia?

Rosellyn.

Seu nome era Rosellyn.

Esse era o começo da história.

Beatryce disse as palavras em voz alta até ficarem exatamente do jeito que ela queria.

Quando ficava em silêncio, ouvia alguma coisa rastejando na escuridão, e alguma coisa pingando, e também, às vezes, parecendo vir de muito longe, o som de alguém chorando, de algum grande desconsolo.

Capítulo Quarenta e Oito

Estamos chegando – disse Cannoc.

Ele afrouxou o passo e deixou que Answelica e Jack Dory retomassem a dianteira.

Conforme eles se aproximavam do castelo, Cannoc foi mudando. Seus ombros foram murchando, seu rosto cobriu-se de rugas. Ele não riu mais.

– Você pode voltar – disse o irmão Edik. – Nós três vamos falar com o rei sem você.

– Não – disse Cannoc. – Isso precisa ser feito e eu farei.

– O que acontece quando um rei entra no castelo onde já reinou? – perguntou o irmão Edik.

– Não sei – disse Cannoc. – Já houve muitos reis depois de mim. Talvez ninguém se lembre de mim.

Ele encolheu os ombros. Então cantou uma pequena canção:

Não sabemos
o que virá.
O que virá
é o que vier,
e não sabemos
nada mais.

Cannoc olhou para o irmão Edik e sorriu.

– Mas você acredita nas profecias escritas nas Crônicas do Desconsolo? – perguntou o irmão Edik.

– Visitei o livro quando era rei – disse Cannoc. – E meu conselheiro ia frequentemente estudá-lo, como todo conselheiro deve fazer. Ele me contava o que o livro dizia. No entanto...

– No entanto o quê? – perguntou o irmão Edik.

– No entanto não estava escrita nenhuma profecia que dissesse que eu abandonaria meu trono. Mas eu fiz isso. Abandonei e fui embora.

– E quanto a Beatryce? Você acredita na profecia sobre ela? Que ela vai destronar o rei?

– O que virá é o que vier, e não sei nada mais – disse Cannoc.

À frente deles, Answelica andava com a cabeça erguida, farejando profundamente, como se pudesse sentir o cheiro de Beatryce por perto.

Cannoc disse:

– Creio deveras que a melhor e mais sábia coisa a fazer é seguir a cabra.

O irmão Edik sorriu.

Então caminharam em silêncio. A poeira da estrada levantava-se ao redor do grupo – nuvens marrons subiam um pouco e logo se desfaziam com seus passos.

Jack Dory virou-se e olhou para os homens.

– Por que vocês andam tão devagar, agora que estamos tão perto? – ele perguntou.

Answelica também se virou. Lançou aos dois um olhar carregado de ameaças de violência.

– Podem ir, podem ir – disse Cannoc. – Estamos seguindo.

A cabra e o menino se viraram e continuaram andando.

– Pergunto-me – disse Cannoc – se você acredita na profecia de Beatryce. Quer que seja verdade?

– Quero que ela saiba que viemos procurá-la – disse o irmão Edik. – É isso que eu quero, acima de tudo. Que ela saiba que viemos procurá-la.

– Sim – disse Cannoc. – Bem, então aquilo em que você acredita é o amor.

– Acho que sim – disse o irmão Edik. Pôs as mãos no bolso de sua túnica e encontrou uma bala de melado em formato de flor. Tirou-a e segurou-a na palma da mão.

– Tome – ele disse a Cannoc.

– Ah, algo doce – disse Cannoc. Seu rosto se iluminou de repente. – Só há esta única bala? Ou você tem outra, para dar ao menino também?

O irmão Edik tirou do bolso uma meia-lua.

O rosto de Cannoc brilhou ainda mais.

– Creio que alguma doçura faria bem também à cabra, não acha?

O irmão Edik tirou uma bala de melado em formato de homenzinho.

– Excelente – disse Cannoc. – Agradeço.

Ele pegou as balas da mão do irmão Edik. Chamou:

– Jack Dory! Answelica! Tenho algo para vocês!

Ele andou na direção do menino e da cabra, levando as balas na mão estendida. Estava sorrindo.

Capítulo Quarenta e Nove

A história da sereia veio a Beatryce como se ela a tivesse lido muito tempo atrás, como se houvesse outro livro na bolsa de maravilhas do tutor e ela tivesse lido as palavras e visto as figuras e se lembrasse de tudo.

— Como continua a história, Beatryce? — ela perguntou a si mesma. — O que acontece depois? Você precisa se lembrar.

E aconteceu que, num fim de tarde, alguns marinheiros viram a sereia sentada na pedra.

Eles viram os raios do sol refletindo-se nas joias incrustadas em seu rabo, ficaram totalmente deslumbrados e não paravam de falar entre si sobre o que tinham visto.

Não conseguiam deixar de pensar naquilo.

Sentiam que era uma coisa boa e miraculosa — que algo lhes tinha sido prometido — cada vez que avistavam a sereia e seu rabo coberto de joias.

As histórias dos marinheiros sobre a sereia foram contadas e recontadas, até chegarem aos ouvidos do rei, que ficou sabendo que existia uma sereia cujo rabo era cravejado de safiras e pérolas, rubis e diamantes.

O rei achou que sua vida não estaria completa enquanto essa sereia e seu rabo com joias não lhe pertencessem. E o conselheiro disse ao rei:

— Vossa Majestade precisa mesmo ter a sereia. Precisa ter tudo o que deseja.

Então o conselheiro enviou os soldados do rei para procurá-la.

Se ao menos Rosellyn tivesse dado atenção às palavras do cavalo-marinho de um olho só!

Se ao menos tivesse ouvido sua mãe e não tivesse ficado tanto tempo acima da água!

Mas Rosellyn era uma sereia muito decidida e sempre fizera o que queria, e assim os homens do rei a encontraram.

E a levaram.

Os cavalos-marinhos ficaram para trás, tagarelando e choramingando.

Mas Morelich, o cavalo-marinho de um olho só, conseguiu se lançar para fora da água no último instante e se prender ao rabo de Rosellyn. Desse modo, fez a jornada junto com ela, do mar para o castelo do rei.

E no castelo do rei, seguindo as rigorosas instruções do conselheiro, foi construído um tanque com água, e a sereia de rabo incrustado de joias foi posta em exibição na sala do trono.

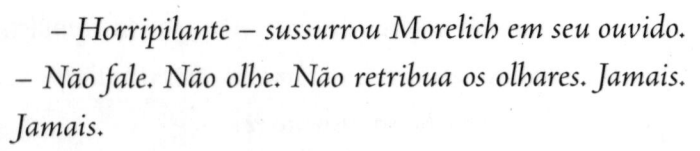

– Horripilante – sussurrou Morelich em seu ouvido. – Não fale. Não olhe. Não retribua os olhares. Jamais. Jamais.

O rei olhava para ela, e os nobres cavalheiros e as nobres damas olhavam para ela. E o conselheiro do rei olhava para ela também e sorria um sorriso terrível.

Rosellyn mantinha os olhos baixos.

Olhava para longe.

Não dizia nada.

Foi ficando pálida.

Muitas vezes pensava nas palavras de uma história que os cavalos-marinhos haviam lhe contado: Que mundo é este que agora habito, e como viverei nele?

E então aconteceu que as joias começaram a se soltar de seu rabo.

Um por um, os rubis e os diamantes e as safiras e as pérolas transformaram-se em pedras comuns, que caíam até o fundo do tanque.

O rei ordenou que as pedras fossem recolhidas e quebradas, e isso foi feito.

– Não passam de pedras – disse o conselheiro. – São meramente pedras, senhor.

O rei ficou furioso.

Foi até a sereia e disse:

– *Você vai transformar as pedras de volta em joias. É uma ordem!*

Mas Rosellyn não sabia como fazer isso.

Morelich sussurrou em seu ouvido. Disse:

– Vão destruir você. Não deixe. Não deixe destruírem você.

Beatryce parou de falar as palavras da história.

Uma luz vinha em sua direção.

– Quem é? – ela perguntou.

Ela ouviu outra vez, de muito longe, o som de alguém chorando.

A luz ficou mais forte.

Era o rei, com uma grande coroa dourada na cabeça.

Beatryce ficou de pé.

– Eu queria ver seu rosto – disse o rei a Beatryce. – Meu conselheiro diz que você é aquela de quem fala a profecia. Diz que não devo duvidar dele. Mas eu queria ver seu rosto para saber se era verdade.

Ele segurou a vela diante de si e observou Beatryce.

Ela queria dizer para o homem: *Você matou meus irmãos. Você tentou me matar. Mas não conseguiu. Aqui estou eu na sua frente. Você não conseguiu.*

Mas não disse isso. Em vez disso, Beatryce abriu a boca e disse uma única palavra:

– Era.

Era.

– Sim? – disse o rei, curvando-se na direção dela.

– Era – disse Beatryce de Abelard – uma vez uma sereia e, aonde quer que ela fosse, era acompanhada por cavalos--marinhos.

Capítulo Cinquenta

Nas entranhas do castelo, Beatryce contava uma história para o rei e, fora do castelo, vinham chegando um monge e uma cabra, um velho barbudo apoiado numa bengala e um menino com uma espada.

O irmão Edik e Cannoc ficaram para trás, enquanto Jack Dory e Answelica se aproximavam da ponte levadiça do castelo. Era guardada por dois soldados.

Jack Dory virou-se para a cabra e disse:

– Ela está aqui?

Answelica ergueu o focinho e farejou. Olhou para Jack Dory pelo canto do olho. Fez que sim com a cabeça.

Ele amava aquela cabra!

Jack Dory retribuiu o gesto.

– Bom, então vamos entrar e fazer o que pudermos.

Juntos, ele e Answelica se aproximaram dos guardas na ponte levadiça.

– Eu vim ver o rei! – disse Jack Dory.

O sol brilhava forte. Answelica exalava um potente cheiro de cabra. A abelha zumbia em círculos preguiçosos em volta da cabeça de Jack Dory, a espada repousava em seu ombro, e não havia uma única nuvem no céu.

— Rá – disse o guarda da esquerda. – O menino veio ver o rei.

— Rá, rá – disse o guarda da direita. – Ele veio ver o rei.

— Você trouxe sua cabra, é? – disse o guarda da esquerda.

— Ela não é minha cabra – disse Jack Dory. – A cabra é dona de si mesma, e devo avisar: está tão ansiosa para ver o rei quanto eu. Esta cabra está muito decidida a conseguir o que deseja. E fica irritada com facilidade.

Answelica dançou trocando os cascos. Jack Dory pôs a mão na cabeça dela, para impedir que mandasse os guardas pelos ares.

— A cabra está ansiosa para ver o rei e a cabra se irrita com facilidade – disse o guarda da direita.

— Foi isso mesmo que eu ouvi? – disse o guarda da esquerda. – A cabra se irrita com facilidade.

Jack Dory sentiu o corpo de Answelica tremer de raiva. Não havia muito tempo.

— Vim devolver uma coisa para o rei – disse Jack Dory. – Esta espada. Realmente já pertenceu a um rei, e vim devolvê-la.

O guarda da esquerda estendeu o braço e pegou a espada das mãos de Jack Dory.

— Pronto, já devolveu. Suma, rapaz.

Então veio a voz de Cannoc. Estava cantando.

*Eu trago,
eu trago,
eu trago
uma palavra.
Eu trago, eu sei,
uma palavra
para o rei.*

Cannoc se curvou muito sobre a bengala, abaixou a cabeça e manteve o rosto escondido enquanto se aproximava dos soldados.

O guarda da esquerda cuspiu aos pés de Cannoc.

– Vá embora, mendigo – ele disse. – O rei não quer suas palavras.

Mas Cannoc continuou cantando.

Eu trago,

eu trago

uma palavra.

Trago uma palavra

e uma verdade.

Trago verdade

e desconsolo.

Trago um profeta

para o rei.

Ele parou de cantar e berrou:

– Será que vocês não ouviram? Eu trouxe um profeta para o rei!

O irmão Edik deu um passo à frente. Seu olho rolava na cabeça, toda a sua pessoa tremia.

Ele disse aos guardas:

– Vocês vão deixar o menino entrar e vão deixar a cabra entrar. Vão deixar o mendigo entrar. Vão me deixar entrar!

Eu sou o profeta que traz palavras de advertência ao rei! Ouçam o que digo! Vocês cometerão um grave erro se não nos deixarem entrar!

Seu olho rolava de um lado para o outro.

Ele parecia incontestavelmente desvairado.

Suas palavras foram seguidas de um som agudo e sinistro de Answelica.

Jack Dory sabia que o som que a cabra fazia era de impaciência e raiva, mas, para ouvidos destreinados, o balido da cabra soava apavorante, como algo de outro mundo.

O guarda da esquerda e o da direita se entreolharam.

Juntos, acenaram e a ponte levadiça foi abaixada.

Jack Dory sentiu uma alegria repentina se espalhar por seu corpo.

Ia entrar no castelo.

Ia encontrá-la.

Ia ver o rosto dela novamente.

A abelha zumbia triunfante ao redor de sua cabeça.

Abelha.

A-B-E.

A Be.

A Beatryce.

Capítulo Cinquenta e Um

Na masmorra, Beatryce contava uma história para o rei.

— E assim foi — disse Beatryce. Tinha a testa encostada nas barras da cela. O rei estava curvado em sua direção. Ela respirou fundo e disse: — E assim foi que os nobres cavalheiros e damas não vieram mais olhar a sereia e seu rabo.

O rei suspirou.

Beatryce continuou.

O tanque que continha a sereia foi levado para uma sala em uma torre, bem no alto do castelo. A sereia ficou sozinha, exceto pela presença de Morelich, o cavalo-marinho de um olho só, que nada dizia além de palavras funestas.

E então, depois de um tempo, até Morelich ficou em silêncio.

Rosellyn tinha saudade de sua mãe. Tinha saudade das verdes profundezas do mar. Do coro de cavalos-marinhos sussurrando histórias e canções de cavalo-marinho em seu ouvido.

Havia um menino serviçal que vinha à sala da torre uma vez ao dia para alimentar a sereia, mas Rosellyn virava as costas para ele e não deixava que ele visse seu rosto.

Não falava com ele.

Não falava com ninguém.

No fim da tarde, o sol entrava na sala da torre por uma única janela estreita. A sereia olhava para os raios do sol e pensava que nunca mais veria sua mãe.

E então, um dia, um melro entrou voando pela janela, fazendo um estardalhaço com suas asas negras.

Empoleirou-se no parapeito, olhou para a sereia e disse:

– Venho de muito longe, trazendo-lhe uma mensagem. Foi-me transmitida por uma gaivota que falou com um bando de cavalos-marinhos. A mensagem é esta: sua mãe está à sua procura. Vim levar você para casa.

Rosellyn ficou olhando para o pássaro.

– No final, todos nós acharemos o nosso lugar – disse o melro.

– Mas como? – perguntou Rosellyn. – Estou presa aqui.

– No final, todos nós chegaremos ao lar – recitou o pássaro.

– Como? – disse Rosellyn.

– Peça – disse o melro.

Então ele bateu as asas e saiu da sala da torre pela janela estreita.

No dia seguinte, quando o menino veio alimentá-la, a sereia virou-se e deixou que ele visse seu rosto. Falou com ele.

— Você pode me ajudar? — ela perguntou.

O menino ficou tão surpreso que derrubou a tigela que estava carregando.

— Eles disseram que você não sabia falar.

— Você pode me ajudar? Quero ir para casa.

— Onde é sua casa?

— Venho do mar — disse Rosellyn.

— O que é o mar? — perguntou o menino serviçal.

E então Rosellyn lhe descreveu o mar: como a água mudava de azul para verde e de novo para azul, e como a luz do sol se propagava em suas vastas profundezas. Falou para ele dos peixes e das plantas que cresciam ali. Falou dos cavalos-marinhos que contavam histórias e mais histórias, cada vez mais estranhas e maravilhosas.

O menino disse:

— Eu gostaria de ver esse lugar mágico.

— Você pode me ajudar? — perguntou Rosellyn. — Pode me levar para lá?

— Posso — disse o menino.

Então Beatryce ficou em silêncio.

Ouvia a respiração do rei.

Ouvia aquele choro ao longe.

Ouvia as batidas de seu próprio coração.

– E então, o que aconteceu? – quis saber o rei. – Você precisa me contar como a história termina.

– Preciso? – disse Beatryce.

Capítulo Cinquenta e Dois

Eles formavam uma procissão. Marchando juntos, cruzavam o grande saguão do castelo.

A cabra ia na frente, de cabeça erguida.

Atrás dela ia Jack Dory, e atrás de Jack Dory ia o irmão Edik, com as mãos encolhidas nas mangas da túnica, seu olho se revirando descontrolado. Berrava:

– Trago uma profecia para o rei. Levem-me ao rei!

Cannoc ia atrás dos outros, apoiado em sua bengala, com o rosto escondido, em passos arrastados e hesitantes.

Os músicos da corte pararam de tocar. As nobres damas seguraram as barras das saias com as duas mãos, temendo que a cabra roçasse nelas. Os homens – soldados e nobres – olhavam nos olhos da cabra e punham a mão na espada, preparando-se para lutar.

Reinava um silêncio tenso no castelo.

O único som eram os cascos de Answelica, batendo nas pedras do chão.

– Tenho em mim todas as palavras, cada palavra, das Crônicas do Desconsolo! – gritou o irmão Edik. – Levem-me ao rei! Tenho uma profecia que ele precisa ouvir!

O irmão Edik estava se divertindo imensamente. Nunca apreciara tanto sua própria estranheza, seu olho rebelde.

Olhe para mim agora, pai, pensou o irmão Edik. *Veja quem eu sou.*

As pessoas abriram caminho. Os quatro entraram na sala do trono.

Mas o rei não estava sentado no trono. Em vez disso, quem estava parado diante deles era um homem de capa preta.

— Vocês dizem que têm uma profecia? — perguntou o homem, dando um sorriso torto. — Uma profecia que o rei precisa ouvir? Eu mesmo adoraria ouvi-la. Gosto muito de profecias.

O irmão Edik abriu a boca, pronto para dizer qualquer coisa que lhe viesse à mente, mas Jack Dory se colocou na frente dele.

— Não é este monge que traz uma notícia para o rei — disse Jack Dory. — É o próprio rei que está aqui na sua frente. Ele é a profecia, em carne e osso.

Jack Dory virou-se para Cannoc.

— Sinto muito, Cannoc, mas agora você precisa revelar quem é. Por Beatryce.

Cannoc fez que sim com a cabeça, num gesto triste, como se já soubesse que aquele momento chegaria. Então desencolheu-se e endireitou o corpo. Olhou à sua volta. Disse:

— Não sou um mendigo, nem preciso de uma bengala, pois sou o rei Ehrengard.

Um grande burburinho espalhou-se entre as damas e os cavalheiros, entre os soldados e os músicos.

– Ehrengard? – eles diziam. – Ehrengard está morto.

– Ele voltou dos mortos?

– Seria possível?

Os músicos começaram a tocar uma melodia triunfal, então deixaram a música se dissipar. Os soldados batiam as espadas no chão de pedra.

O homem de capa preta que estava junto ao trono gritou:

– Este homem é um impostor! Prendam-no!

– Não sou nenhum impostor – disse Cannoc, sem gritar. Falou numa voz cansada: – Sou o rei.

Os músicos recomeçaram sua melodia. Os soldados se amontoaram em volta de Cannoc. Um dos mais velhos estendeu a mão e encostou no ombro de Cannoc.

– Alteza – disse. – Rei Ehrengard. Lembro-me bem do senhor. – Ele se ajoelhou diante de Cannoc. – O verdadeiro rei finalmente voltou.

– Ele não passa de um charlatão! – gritou o homem de capa preta.

Quanto a Jack Dory, estava prestando atenção à cabra. De focinho erguido, ela olhava fixo para ele.

"Agora", disse ela. "Siga-me."

Jack Dory respondeu à cabra em voz alta:

– Vou aonde você me levar, luz do meu coração, rio da minha alma – ele disse para a cabra. – Leve-me a ela.

Ele seguiu a cabra, e o irmão Edik, ouvindo as palavras de Jack Dory, seguiu o menino.

Capítulo Cinquenta e Três

Na masmorra, o rei disse:
— Conte-me como termina a história.

Mas Beatryce não falou nada.

O rei e a menina ficaram sentados juntos, em silêncio.

O único som era aquele choro distante.

— Vou lhe contar o resto da história se você responder a uma pergunta — disse Beatryce.

— Você tem a audácia de barganhar com um rei?

— Quem está chorando? — perguntou Beatryce. — De quem é o pranto que estamos ouvindo?

— Quem está chorando é sua mãe, Aslyn de Abelard — disse o rei. — Agora conte-me o resto da história. Conte-me o que aconteceu com a sereia e o rei.

O coração de Beatryce batia forte em seus ouvidos. Batia duas palavras, repetindo-as sem parar: *sua mãe, sua mãe.*

Sua mãe.

— Conte-me — disse o rei. — Como termina?

Quando o castelo inteiro estava dormindo, o menino colocou a sereia nas costas. O cavalo-marinho estava entrançado nos cabelos dela. Juntos, eles desceram a escada em espiral e atravessaram os corredores dourados, cruzaram a ponte levadiça e entraram na floresta escura.

O melro apareceu do meio das árvores e falou:

– Por aqui.

Eles seguiram o pássaro. Embrenharam-se na floresta escura e, através dela, chegaram a um penhasco. Para além do penhasco estava o mar.

O céu estava de um azul anil, as estrelas começavam a perder o brilho, e o menino, o melro e a sereia olharam juntos para a luz púrpura refletida na água.

– É ainda mais bonito do que você falou – disse o menino.

Com a sereia em seus braços, ele desceu do penhasco até o mar, onde, cruzando as águas escuras na direção deles, havia outra sereia.

A mãe de Rosellyn.

Rosellyn pulou para dentro do mar.

Sua mãe nadou até ela, chorando, sorrindo.

Os cavalos-marinhos rodearam as duas, que se abraçaram. Os cavalos-marinhos cantaram para elas.

E Morelich, o de um olho só, finalmente voltou a falar. Disse:

– Em casa. Chegamos em casa.

O menino ficou parado na beira da água.

— Mas para onde devo ir agora? — ele gritou para a sereia. — Onde há um lugar para mim? Não posso voltar ao castelo. O rei jamais vai me perdoar pelo que fiz.

Então Beatryce ficou em silêncio.

— Esse certamente não é o fim — disse o rei. — O que aconteceu com o menino? O que aconteceu com o rei?

Beatryce não respondeu.

Estava escutando.

Ouviu cascos batendo no chão. E o canto agudo e doce de um pássaro. Um pássaro cantando uma triste e bela canção.

O rei também escutou.

— Que pássaro está cantando? — perguntou o rei.

— Não é um pássaro — disse Beatryce. — É um menino. E também uma cabra. E eu apostaria que junto com eles há um monge e, em algum lugar, também um rei verdadeiro, um rei sábio.

De repente, ela sentiu como se seu coração pudesse puxá-la para cima e para fora da masmorra.

Ela não se sentiu presa, de modo algum.

— Eles vieram me buscar — disse Beatryce. — Vieram me levar para casa.

Então ela chamou:

— Answelica! Estou aqui! Aqui!

Capítulo Cinquenta e Quatro

Seria Answelica capaz de arrombar a fechadura de uma cela de masmorra?

É claro que sim.

Afinal, sua cabeça era dura feito pedra. E, francamente, o que era uma fechadura enferrujada em comparação com seu amor por Beatryce?

Não era nada.

Não era nadinha, como diria Jack Dory.

Jack Dory e o irmão Edik chutaram a porta, e Answelica deu cabeçadas na fechadura da cela, até que esta não teve escolha senão ceder.

Eles se amontoaram dentro da cela com a menina.

Beatryce ajoelhou-se e abriu os braços para a cabra.

O irmão Edik pôs a mão na cabeça de Beatryce.

Jack Dory disse:

— Ah, Beatryce. Aí está você. Vim aprender as letras.

Ela sorriu para ele.

— Esta é a segunda vez que você vem me resgatar de um quarto escuro, Jack Dory. E você já sabe as letras.

— Pois é — disse Jack Dory. — E agora queria aprender a formar palavras com elas.

— Eu ensino.

– Mas como termina a história? – perguntou o rei.

Beatryce endireitou-se e olhou nos olhos do rei. Disse:

– O conselheiro em quem você confia é um mentiroso malvado. E você é apenas um tolo.

Ela arrancou a vela da mão do rei, pouco antes de Answelica dar uma cabeçada no traseiro do homem, mandando-o pelos ares.

E então Beatryce berrou uma única palavra:

– Mãe!

Veio um grito engasgado.

– Por aqui – disse Beatryce. Ela segurou a vela, e Jack Dory, o irmão Edik e Answelica foram atrás.

Eles encontraram a mãe de Beatryce dentro de uma cela, amordaçada, com as mãos amarradas. A cabeça dura de Answelica facilmente deu conta da fechadura dessa porta também.

Beatryce desamarrou a mordaça na boca da mãe e a corda em seus punhos. Fez tudo isso chorando. Sua mãe chorava também.

– Beatryce – disse sua mãe, quando finalmente pôde falar. – Eu estava ouvindo você. Estava ouvindo você o tempo todo. E também quero saber como termina a história.

Beatryce jogou-se nos braços da mãe.

– Assim – disse Beatryce. – É assim que termina a história.

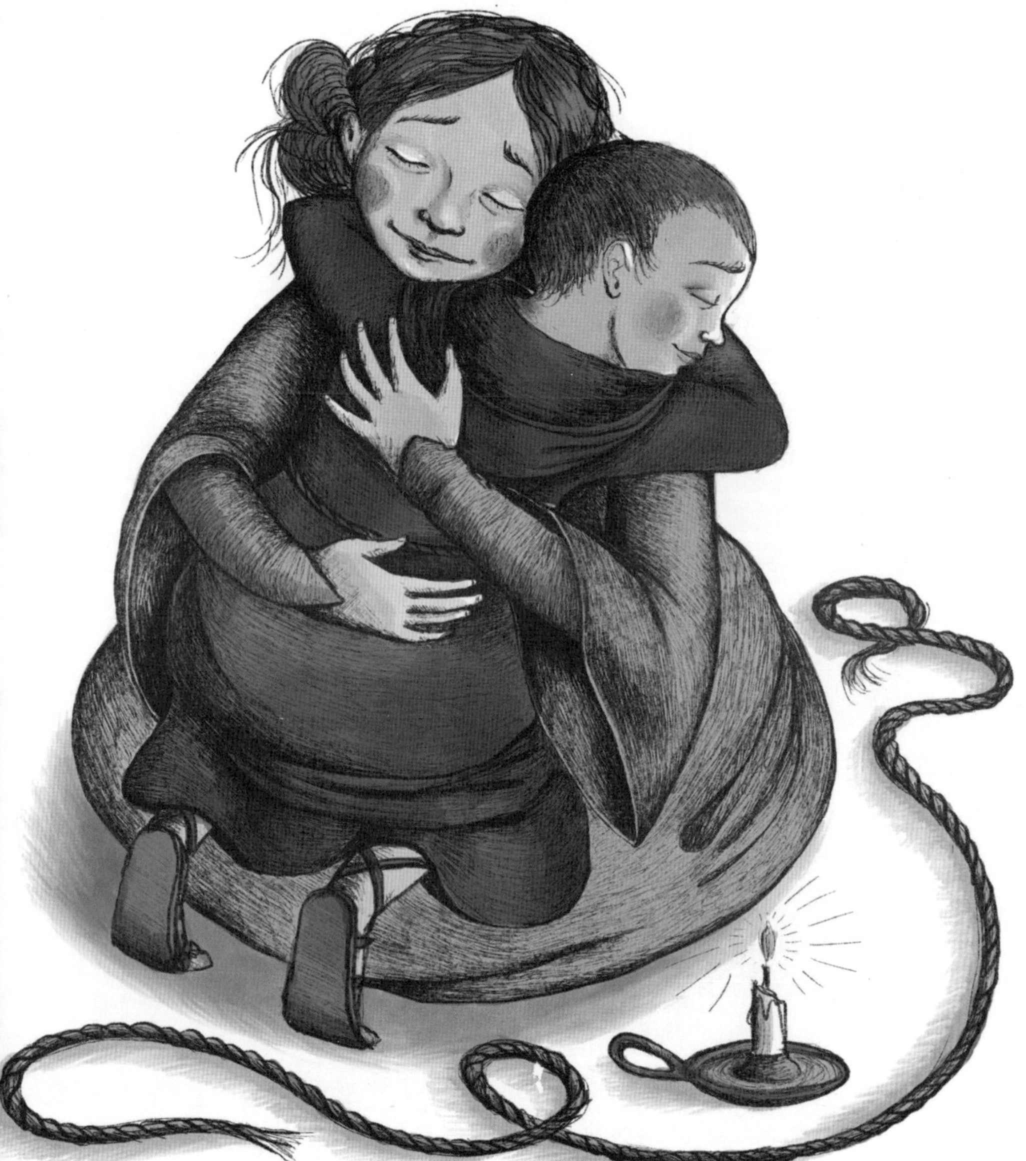

LIVRO ÚLTIMO

O rei Ehrengard reinou sabiamente por um dia inteiro. Nesse dia, exilou tanto o rei tolo quanto seu conselheiro astucioso.

Enviou os dois para o alto-mar, num barquinho minúsculo, sem velas nem remos.

– Vão contar mentiras um para o outro para o resto da eternidade – disse o rei Ehrengard. – Essa é minha punição para vocês.

Depois que eles partiram, depois que os dois homens sumiram de vista, o rei Ehrengard ficou sentado em seu trono, com as costas curvadas.

– Não aguento isto – ele disse. – Não tenho apetite por vingança nem nenhuma vontade de ser rei.

– Então por que você não vai embora? – perguntou Beatryce.

– Já fiz isso uma vez – disse o rei.

– Sim – disse Beatryce. – E agora tem a oportunidade de se tornar o rei que foi embora duas vezes.

O rei Ehrengard olhou para Beatryce. Endireitou as costas, jogou a cabeça para trás e deu risada.

– Cannoc – disse Beatryce ao rei risonho –, você não disse, uma vez, que talvez fosse a hora de haver uma rainha? Conheço uma mulher sábia que poderia reinar muito bem.

E assim foi que Aslyn de Abelard foi chamada à sala do trono.

— Senhora Abelard — disse o rei —, você é uma dama nobre que queria que seus filhos aprendessem coisas. Teve a perspicácia e a coragem de educar Beatryce. Beatryce é jovem demais para ser rainha. De qualquer modo, ela não quer a Coroa. Mas ela crê, e eu também, que você tem a sabedoria e a intrepidez necessárias para governar. Aceita esta coroa das minhas mãos?

Aslyn disse:

— Aceito a coroa. Aceito-a em nome de Asop, Rowan e Beatryce. Farei isso por meus filhos.

E é por isso que, agora, há uma rainha sentada no trono.

À direita da rainha senta-se Cannoc. Ele a aconselha sobre todos os assuntos.

Sua barba já chegou quase até os pés. Ele ri muito. Examina cuidadosamente cada rosto que vê.

Escuta muito bem.

Porém não reina.

Quem reina é Aslyn de Abelard.

É Aslyn de Abelard, mãe de Beatryce, Asop e Rowan, quem reina com muita sabedoria.

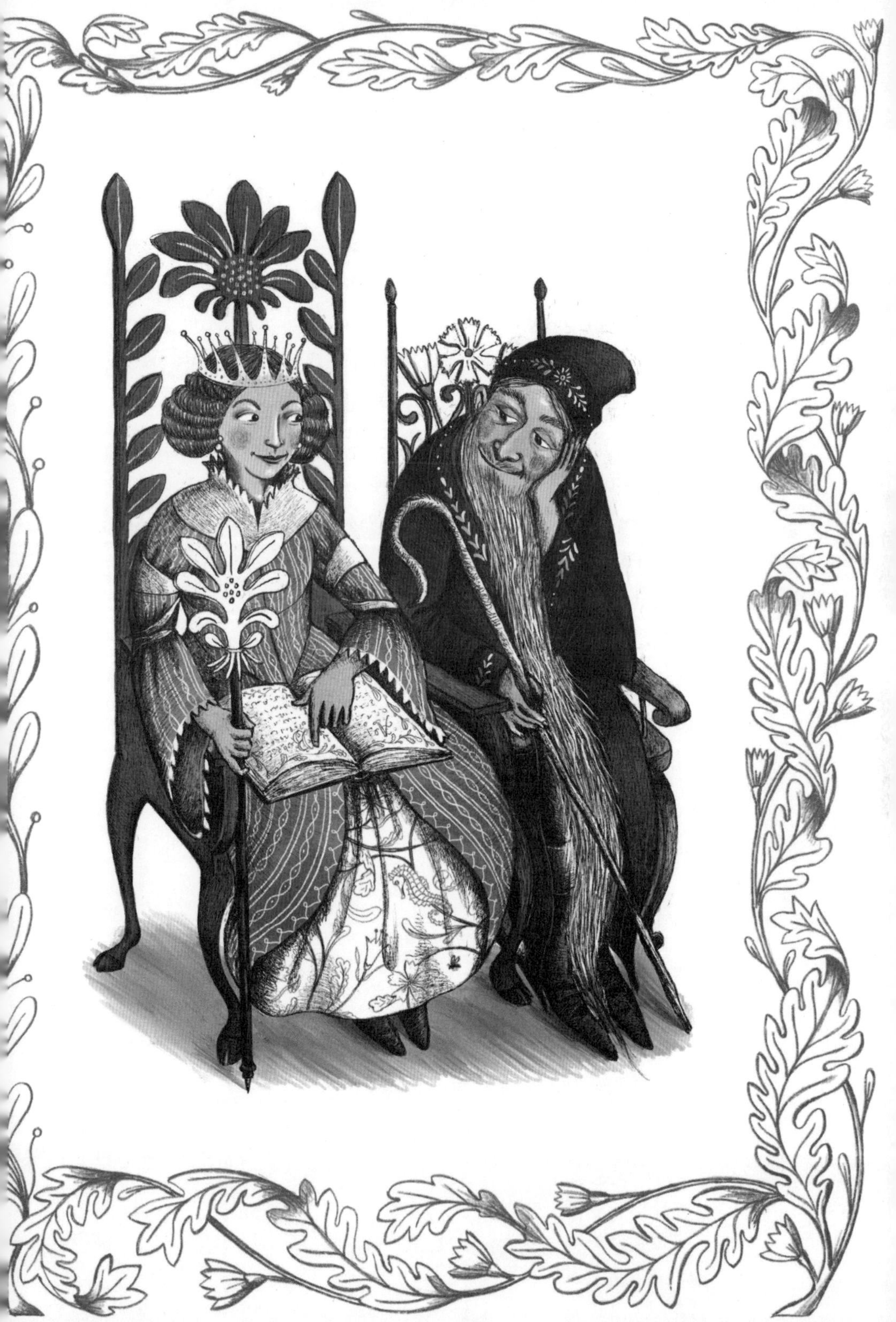

Beatryce?

Está de pé num penhasco, com o grande mar esverdeado diante de si.

Jack Dory está à sua esquerda e Answelica à sua direita.

A mão de Beatryce está pousada na cabeça da cabra.

A menina, o menino e a cabra olham para o mar.

– E assim, pelo decreto real da rainha Aslyn, nós três percorreremos o reino e ensinaremos as pessoas a ler – diz Jack Dory.

– Todas as pessoas – diz Beatryce.

– Todas as pessoas – diz Jack Dory, sorrindo.

O vento sopra os cabelos de Beatryce ao redor de seu rosto.

Ela enxerga longe no mar, muito longe.

E está sorrindo também.

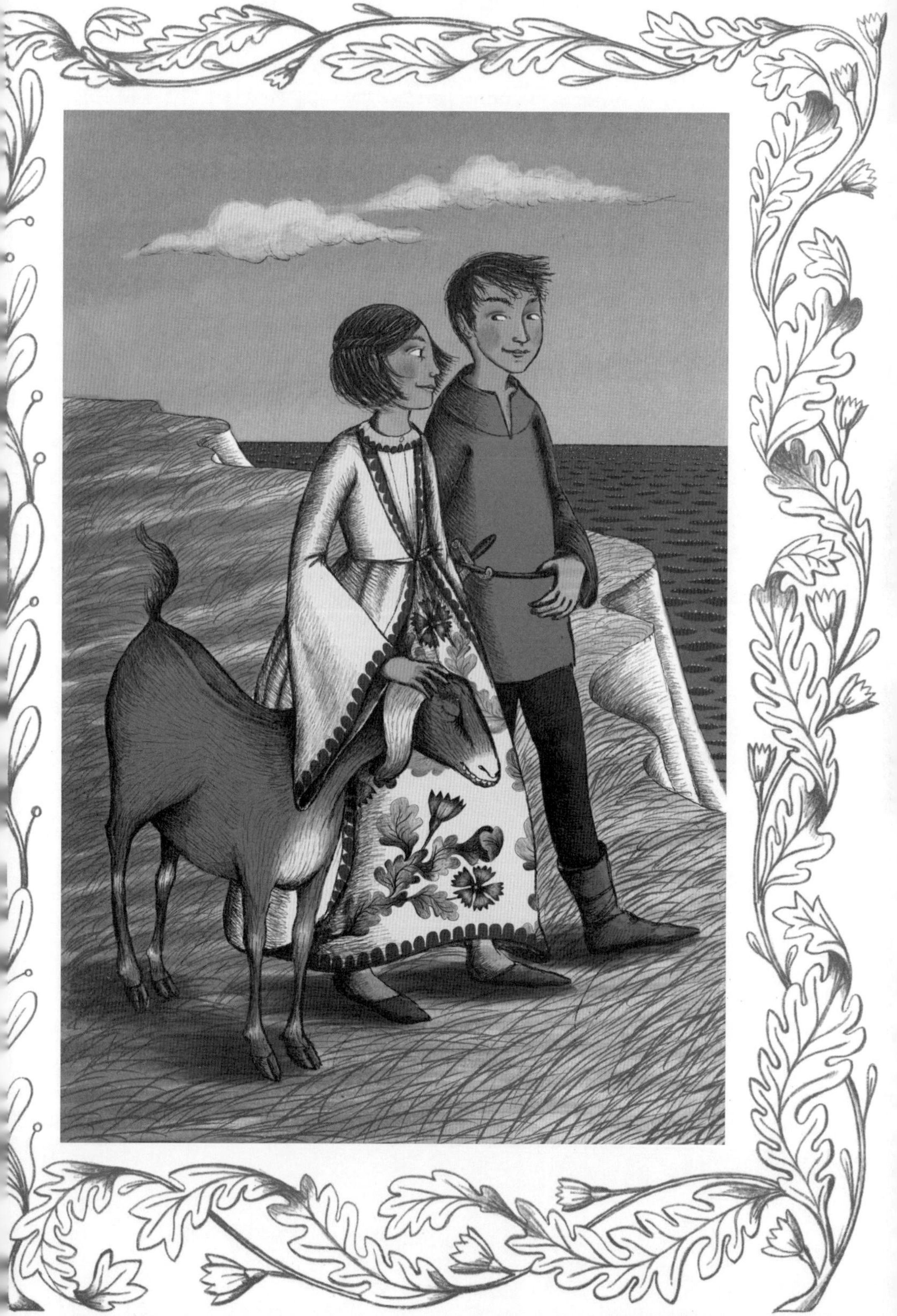

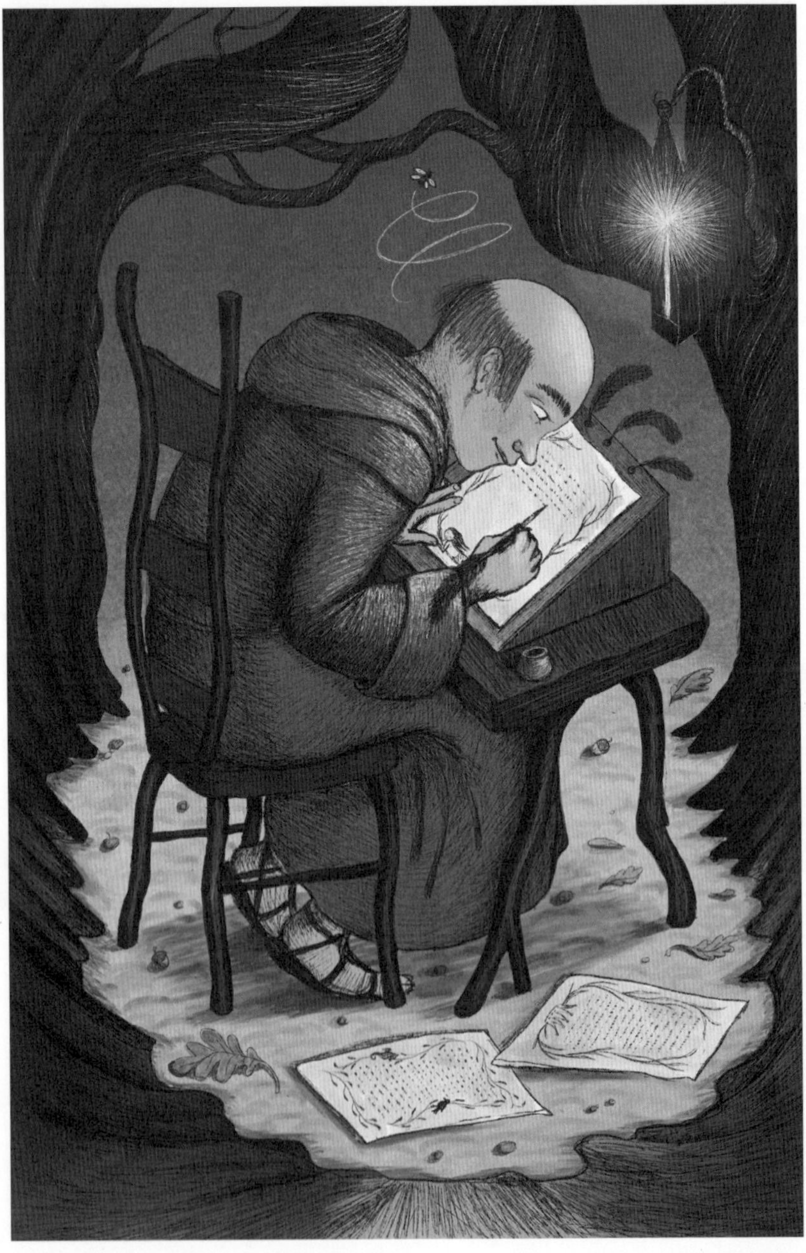

Ena floresta escura, dentro de um aconchegante tronco de árvore, o irmão Edik está debruçado sobre um manuscrito. Está desenhando uma sereia com joias no rabo. Está desenhando um cavalo-marinho com um olho só. Está desenhando um menino serviçal, um melro e um rei.

Ele está iluminando o mundo da história de Beatryce. Está fazendo um livro.

Ele escreve as palavras que terminam a história:

> A sereia olhou para baixo e viu que as joias em seu rabo estavam voltando. Iam aparecendo uma após a outra.
>
> Ao ver isso, Rosellyn riu alto.

Uma abelha zumbe em volta da cabeça do irmão Edik. Ele trabalha cantarolando.

— Você encontrará o caminho de casa — disse a sereia ao menino. — Tome este rubi; tome esta safira. Dou-lhe ambas as pedras, de todo o coração, pois você é amado, amado por mim.

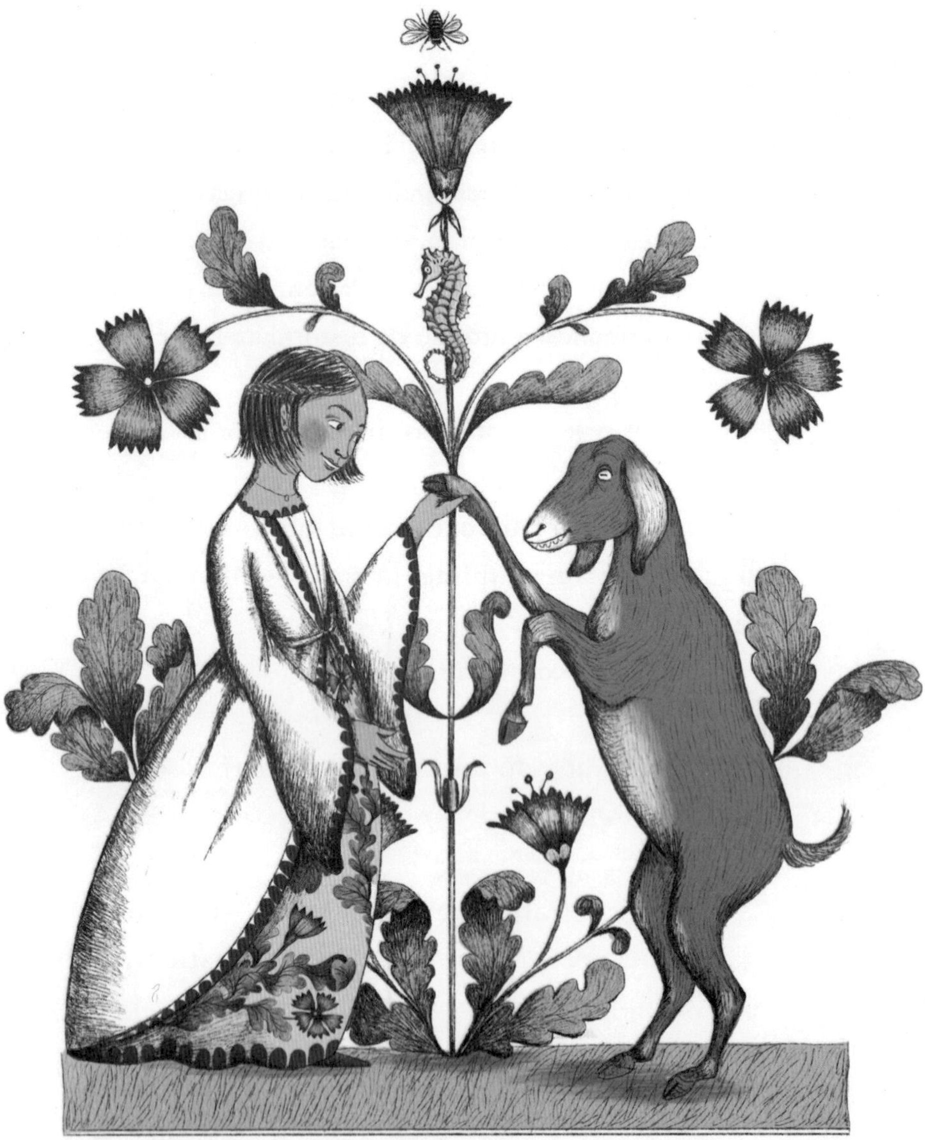

Tudo isso aconteceu muito tempo atrás.

Ou talvez ainda vá acontecer.

Pode ser que este livro, o livro de Beatryce, seja a história de um mundo que ainda está por vir.

Quem saberá dizer?

No entanto, uma coisa é certa: o que importa no mundo não são as profecias.

Pergunte ao irmão Edik se isso não é verdade.

Então, o que é que pode mudar o mundo?

Se a cabra Answelica, com sua cabeça dura, pudesse falar, responderia com uma única palavra: *amor*.

E se perguntássemos a Beatryce de Abelard?

Ela também responderia *amor*.

O amor. E as histórias.

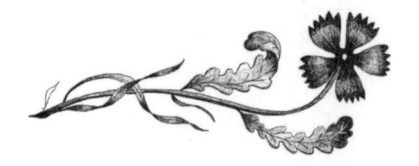

GRÁFICA PAYM
Tel. [11] 4392-3344
paym@graficapaym.com.br